www.mayabook.co.kr

www.mayabook.co.kr

www.mayabook.co.kr

화산소장로

화산소장로 ⑯

지은이 | 설야
펴낸이 | 권순남
펴낸곳 | (주)마야 · 마루출판사
등록 | 2008. 1. 7(제310-2008-00001호)

초판 인쇄 | 2013. 9. 2
초판 발행 | 2013. 9. 4

주소 | 서울시 노원구 상계 1동 1049-25 신영산업 BD 602호
대표전화 | 02-2091-0291
팩스 | 02-2091-0290
이메일 | marubooks@hanmail.net

ISBN | 978-89-280-0085-2(세트) / 978-89-280-1322-7
정가 | 8,000원

잘못된 책은 교환하여 드립니다.
저자와 협의하여 인지를 붙이지 않습니다.

「이 도서의 국립중앙도서관 출판시도서목록(CIP)은 서지정보유통지원시스템 홈페이지(http://seoji.nl.go.kr)와
국가자료공동목록시스템(http://www.nl.go.kr/kolisnet)에서 이용하실 수 있습니다.」
(CIP제어번호:CIP2013016613)

화산소장로

설야 신무협 장편소설

16

MAYA&MARU ORIENTAL STORY

마루&마야

제1장. 이름만이라도 멋진 영웅대전을 벌이자 …007

제2장. 먹을 것에 분열되는 예설사랑회 …039

제3장. 거지도 아니고, 그만 좀 받아먹어 …065

제4장. 련주님, 영웅이 되셔야겠어요 …107

제5장. 내가 진정한 피바다를 보여 주겠어 …149

제6장. 이 객잔이 자랑하는 모든 음식을 가져와 …181

제7장. 무인이란 등을 보이지 않고 똑바로 마주 보는 것이다 …219

제8장. 전설의 허공답보가 펼쳐지다 …257

제9장. 돈이야말로 세상의 전부다 …281

제1장
이름만이라도 멋진
영웅대전을 벌이자

꿈이란 참 이상한 거야.
단 한 번이라도 좋으니 꼭 그렇게 해 보고 싶거든.
그것 때문에 인생이 일그러지고, 깨질 게 뻔하더라도 말이야.
힘들고 재미없을 때에도 그 꿈을 생각하면 조금 위안을 얻어.
이루어지건, 안 이루어지건 꿈이 있다는 건 쉬어 갈 의자를 하나 갖고 있는 일 같아.
내 꿈이 뭐냐고?
혹시 조운학이라고 알아?
그래? 잘 안다고?
그럼 그자가 유아독존하며 아전인수하고 방약무인하면서 직정경행하다는 것도 알고 있겠군.

내 꿈이 뭐냐고 물었는가?

조운학, 그 씹어 먹어도 시원찮을 놈을 원 없이 때려 보는 거야.

그놈 입에서 제발 살려 달라는 말이 나오도록 말이야.

그게 가능하겠냐고?

벌써 잊었는가?

그래서 꿈이란 거지.

  -훗날 천하에 이름을 떨친 매화질풍대의
     대원 중 한 명이 내뱉은 하소연

조운학은 곰방대를 입에 문 채 말했다.

"앉아."

그러자 60명에 달하는 화산파의 제자들이 일제히 앉았다.

"일어서."

그 말을 기다렸다는 듯이 재빨리 일어서는 제자들. 지금 그들의 몰골은 만신창이나 다름없었다. 몸 여기저기에 멍이 들었고 옷도 넝마가 되어 있었다. 피를 흘리는 제자까지 있을 정도였다. 그들에게 있어 오늘 하루 동안 벌어졌던 일은 악몽과도 같았다.

조운학과의 싸움에서 예설사랑의 회원들은 모두 처참히

쓰러지고 말았다. 내기에서 패배하고 만 것이다.

조운학은 내기에서 졌으니 자신의 말에 복종하라고 일렀지만 제자들은 쉽사리 승복하지 않았다.

그때부터 시작되었다.

조운학은 여러 가지 간단한 지시를 내렸다. 그건 '앉아, 일어서, 뒤로 가' 등 아주 간단한 지시였다.

그러면서 한 식경 동안 어느 누구도 자신의 지시에 틀리지 않으면 휴식을 취하게 해 준다고 말했다.

처음에는 그 지시에 따르던 제자들이었지만 계속되는 지시에 일부러 틀리거나 반항하는 제자들이 생겨났다.

그러자 조운학은 그런 제자들을 다른 제자들에게 두들겨 패라고 명령했다. 하지만 제자들은 같은 동료를 팰 수 없다며 거부했다.

그러나 그 대가는 참혹했다.

조운학이 직접 명령을 거부한 제자들을 다시금 두들겨 팼기 때문이다. '복날 개 패듯이 팬다.'는 말이 바로 이런 것임을 몸소 보여 주려는 듯이, 조운학은 정말로 인정사정없이 패고 또 팼다. 그 살벌함에 다른 제자들은 감히 끼어들지 못하고 사시나무처럼 전신을 벌벌 떨 정도였다.

조운학은 그 뒤로도 자신의 지시를 이행치 못하는 제자가 있으면 다른 제자들에게 두들겨 패라고 명령했다. 그 명령에 제자들은 어쩔 수 없이 실수한 동료들을 두들겨 패기 시작했다. 하나, 같은 동료이기에 그 손속은 약한 게 당연했다.

조운학이 그걸 두고 볼 리 없었다. 그는 손속이 약하거나 꼼수를 부리는 제자들을 집중적으로 두들겨 패기 시작했다. 정말로 저러다 죽겠구나, 하는 확신이 들 정도로 팼다.

제자들이 더욱 괴로운 이유는 따로 있었다. 그렇게 두들겨 맞으면 솔직히 기절하거나 한동안 움직이지 못하는 게 당연했다. 한데 조운학이 얼마나 절묘하게 두들겨 패는지, 맞을 때마다 미친 듯이 아프다가도 한 식경 정도의 시간이 지나면 그 고통이 사그라지곤 했다. 더욱이 움직일 때마다 뼈가 쑤실 정도로 아팠지만 사력을 다하면 움직이지 못할 정도는 아니었다.

그렇다 보니 제자들은 미칠 것만 같았다. 아니, 어서 미쳐서 이 고통을 끝내고 싶었다.

그때 조운학이 한 장의 서신을 펼쳐서 현송에게 던지며 모두가 들을 수 있게 읽으라 했다.

그 서신은 화산파의 장문인인 백운이 직접 적은 것으로, 예설사랑에 속해 있는 모든 제자들의 수련을 조운학에게 일임한다는 내용이었다.

하지만 정작 중요한 내용은 마지막 줄에 있었다. 그건 아주 간단한 내용이었다. 수련이 끝날 때까지 모든 제자들의 생사여탈권을 조운학에게 준다는 것이다. 즉, 수련 도중에 조운학이 제자들을 죽인다 해도 책임을 묻지 않는다는 기겁할 만한 내용이었던 것이다.

그렇게 현송의 낭독이 끝나자 제자들은 혼란에 빠졌다. '이건 거짓말이야!'라고 현실을 외면하는 제자도 있었고, '예설사랑회를 와해시키려는 장문인의 음모다!'라고 외치는 제자도 있었다.

그런 제자들에게 조운학도 분통을 터트렸다.

"참 지랄 같은 상황이지? 나도 그래. 왜 너희 같은 놈들을 석 달씩이나 수련시켜야 하냐고. 꼭 몸으로 직접 고통을 느껴 봐야 아, 내가 이래서는 안 되는구나, 하면서 깨닫는 멍청한 놈들을 말이야. 그래, 저 개떡 같았던 두 놈같이."

일순 조운학의 시선이 뒤로 향했다.

그곳에는 상유란과 서문단려가 작금의 상황을 숨죽이며 지켜보고 있었다. 그러다 사부의 시선이 자신들에게 향하자 깜짝 놀라며 재빨리 차렷 자세를 취했다. 혹시나 자신들에게도 불똥이 튀지 않을까 걱정하는 빛이 역력했다.

조운학은 그런 두 제자에게 한 차례 혀를 찬 뒤 다시 고개를 돌렸다.

"나 말이야, 아직 화가 안 났어. 그저 너희들이 모르니까, 버티면 이렇게 된다는 걸 알려 주고 있을 뿐이야. 그래, 그저 그런 이유뿐이지……. 그러면 내가 진짜 화를 내면 어떻게 될까? 응? 어떻게 될 거 같아?"

제자들은 침묵했다. 시체처럼 새하얀 표정으로 군침을 삼키는 소리가 여기저기서 들려왔다. 그들은 지금에서야 뼈저리게 실감할 수 있었다. 더 이상 버텨 봤자 소용없다는 것을. 그리고 조운학의 저 말은 마지막 경고라는 것을.

조운학은 이런 제자들의 생각을 아는지 모르는지 더 이상 말을 하지 않은 채 곰방대에 불을 붙였다. 입으로 새하얀 연기를 뿜으며 지금의 분위기를 즐기는 듯했다.

그렇게 곰방대를 모두 피운 후 탁탁 털어 재까지 털어 냈다. 이어서 제자들을 한 차례 훑어본 뒤 곰방대를 살짝 밑으로 까닥거렸다. 그러자 제자들은 일제히 앉았다. 그 움직임과 일사불란함은 조금 전과는 확연히 달랐다.

"흐음……."

조운학은 그제야 조금 마음에 든다는 표정으로 곰방대를 살짝 위로 까닥거렸다.

이번에도 제자들은 일사불란하게 움직였다. 그러자 조운학은 곰방대를 연속으로 아래위로 까닥거렸고, 그때마다 제자들은 사력을 다해 움직였다. 하지만 계속되는 곰방대의 움직임에 결국 3명의 제자가 실수를 하고 말았다. 순간 조운학의 표정이 변했고 그걸 모든 제자들이 목격했다.

실수한 3명의 제자는 당황한 표정으로 주위를 두리번거렸다. 이어 그들은 볼 수 있었다. 자신을 향해 벌 떼처럼 달려드는 동료들의 모습을.

"이런 썩을! 왜 실수하고 지랄이야!"

"죽어! 죽어!"

"크아아악!"

실수한 제자들은 다른 제자들에게 무자비하게 구타당하기 시작했다. 이미 그들은 모든 걸 포기해 버린 상황이었다. 즉, 조운학에게 버텨 봤자 자신만 손해라는 걸 뼈저리게 깨달은 것이다.

그렇다면 이제 조운학의 명령에 따르는 수밖에 없었다. 솔직히 더 이상 두들겨 맞았다가는 정말로 죽을 거 같았기 때문이다. 한 식경만 조운학의 지시에 틀리지 않게 따르면 휴식을 취할 수 있었다. 지금 자신들에게 가장 필요한 것이다.

그렇기에 동료의 실수에 분노하는 건 당연했다. 함께한다면 누구보다 든든한 동료이나 실수한다면 지금 상황에서는 적이나 다름없었다. 조금 전까지만 해도 끈끈했던 동료애가 한순간에 박살 나 버린 것이다.

조운학은 그런 제자들의 모습이 마음에 드는 듯 고개를 끄덕이며 곰방대로 손바닥을 탁 하고 쳤다.

그러자 동료들을 두들겨 패던 제자들이 거짓말처럼 움직임을 멈추고는 제자리를 찾아가 도열했다.

그 움직임은 눈부실 정도로 빠르고 정확했다. 이어 널브러져 있던 3명의 제자도 사력을 다해 몸을 일으켰다. 몸을 움직일 때마다 정신이 아찔할 정도의 고통이 덮쳤지만 참아야만 했다. 그들은 비틀거리며 몸을 일으키면서도 내심 이를 갈았다.

'두고 보자……'

이미 동료애 같은 건 사라지고 없었다. 그저 자신만 무사하면 된다는 생각뿐이었고, 한 명만 걸리기를 바랐다. 어느새 60명의 예설사랑 회원들은 서로를 적으로 인식하고 있었다.

그러다 보니 조운학의 자그마한 행동 하나에도 온 정신을 집중했다. 자칫 실수라도 하는 날에는 수십 명에 달하는 사람들에게 구타를 당해야 했기 때문이다.

이제는 죽는시늉이라도 하라면 할 수 있을 거 같았다.

그 뒤로도 조운학은 곰방대를 까닥거렸다.

그때마다 60명의 제자들은 마치 한 몸인 양 일사불란하게 움직였다. 두 눈을 부릅뜬 채 곰방대의 움직임을 잠깐이라도 놓칠까 집중에 집중을 했다.

상유란과 서문단려는 이런 광경에 입을 다물지 못했다. 얼마 전까지만 해도 죽을 둥 살 둥 반항하던 제자들이 아니었던가. 한데, 지금 그들을 보면 마치 꼬리 내린 개를 보는 거 같았다.

상유란은 새삼 깨달았다는 듯이 말했다.

"역시 매에는 장사가 없구나……"

서문단려는 공감한다는 듯이 고개를 끄덕였다.

화산파의 제자들은 이런 각고의 노력 끝에 한 식경 동안 내려진 조운학의 지시에 틀리는 사람이 나오지 않았다.
 "흐음."
 그럼에도 조운학은 뭔가 마음에 안 드는지 곰방대로 손바닥을 툭툭 쳤다. 제자들은 그런 조운학을 숨죽이며 지켜봤다. 이윽고 조운학은 곰방대를 내려놓으며 말했다.
 "쉬어."
 그러자 60명에 달하는 제자들이 일제히 허물어졌다.
 "헉, 헉……."
 "으… 몸이 부서질 것 같아……."
 그들은 하나같이 거친 숨을 내쉬며 아직도 몸에서 느껴지는 고통의 여운을 떨쳐 버리려고 애썼다. 몰래 눈물을 삼키는 자들도 있었다. 그들이 언제 이렇게 두들겨 맞아 봤던가. 평생 맞을 것을 오늘 하루 동안 모두 맞은 것만 같았다. 더욱이 그들을 절망적이게 하는 건 이제 시작에 불과하다는 점이다. 섬서로 떠나기 전에 석 달간 조운학에게서 수련을 받아야 하기 때문이다. 한데, 겨우 하루가 되었을 뿐인데 벌써부터 죽을 것만 같았다. 이런 상황이 석 달 간이나 지속된다고 생각하니 눈앞이 깜깜할 따름이었다. 정말로 이곳은 지옥이었던 것이다.
 그때, 일단의 무리들이 모습을 드러냈다. 그들은 화산파의 잡일을 도맡아 하는 일꾼들로, 하나같이 커다란 봇짐을 메고 있었다.
 조운학은 그들을 기다렸다는 듯이 말했다.
 "저곳에 풀어 놓으시오."
 그러자 일꾼들은 제자들의 앞에 봇짐을 내려놓고 풀었다. 일순 제자들의 눈이 커졌다. 봇짐을 풀자 수많은 고기들과 갖가지 음식들이 모습을 드러냈기 때문이다. 향긋한 냄새가 제자들의 코끝을 자극했다. 절로 입안에 군침이 돌았다.
 일꾼들은 요리를 전부 내려놓은 뒤 조운학에게 한 차례 인사를 하고는 다시 돌아갔다.
 조운학은 음식에 시선을 집중하고 있는 제자들을 향해 말했다.
 "먹어."
 이런 그의 말에도 제자들은 함부로 움직이지 않았다. 불신 어린 표정으로 조운학을 바라봤다. 지금까지 당한 게 있는데 어느 누가 함부로 움직이겠는가. 그저 조운학의 의도가 무엇인지 파악하기 위해 열심히 머릿속을 움직였다.
 "눈알들 굴러가는 소리가 여기까지 들리는군. 괜찮아. 오늘 수련은 여기까지니까 말이야. 식사를 하고 저쪽으로 가면 천막들이 있을 거야. 이곳에서 수련할 동안 지낼 곳이니까 깨끗하게 사용하도록. 알겠나?"
 "……."
 "마지막으로 푸닥거리 한 번 더 해?"

"예, 알겠습니다!"

60명의 제자들이 조운학의 질문에 기겁하며 목이 터져라 대답했다. 어느새 그들은 다시 자리에서 일어나 부동자세를 취하고 있었다.

"좋아. 그럼 내일 보자고."

"예!"

조운학은 제자들을 뒤로한 채 걸음을 옮겼다. 이어 상유란과 서문단려가 사부의 뒤를 따랐다.

제자들은 세 사람이 시야에서 사라지기 전까지 꼼짝도 하지 않았다. 그건 세 사람이 사라진 후에도 마찬가지였다. 마치 약속이라도 한 것처럼 부동자세를 취하는 와중에 현송이 슬그머니 앞으로 나와 음식을 먹기 시작했다.

그런 현송을 제자들은 잠시 깜짝 놀라는 표정으로 바라보다 그제야 움직였다. 이윽고 모든 제자들이 음식을 먹었다. 너무도 몸이 고단하고 배가 고팠기 때문이다.

그때 한 제자가 갑자기 울음을 터트렸다.

"크윽……."

그것이 신호인 듯 여기저기서 울음소리가 터져 나왔다. 음식을 먹으며 눈물을 흘리는 제자들. 그리고 그런 동료들을 애써 외면한 채 음식을 먹고 있는 제자들. 예설사랑 회원들한테 오늘 하루는 그만큼 힘들었다. 문제는 이제부터가 시작이라는 것이다.

✽ ✽ ✽

 조운학은 온천수에 몸을 담그며 두 눈을 감았다. 뜨거운 온천수가 온몸을 감싸자 절로 노곤해졌다. 온몸이 온천수에 녹아들 것만 같았다.
 "어, 좋다."
 밤하늘에 휘영청 떠 있는 달과 주변에 내려앉은 짙은 어둠. 그리고 악기를 연주하는 것처럼 들려오는 풀벌레 소리가 더욱 몸과 마음을 편안하게 만들었다.
 조운학은 한동안 두 눈을 감은 채 온천을 즐겼다. 가끔 단잠에 빠졌다가 깨어나기도 했다.
 그러다 온천수를 얼굴에 끼얹은 뒤 상체를 일으켰다. 잠시 밤하늘의 별과 달을 바라보다 설레설레 고개를 저었다.
 "어쩐다……."
 그는 잠시 외면했던 고민거리 하나를 떠올렸다. 장문인과의 내기에서 지는 바람에 꼼짝없이 60명에 달하는 제자들을 가르치게 되었다. 오늘 하루는 기를 꺾는다고 두들겨 팼으나 앞으로가 문제였다.
 상유란과 서문단려를 가르치는 일만 해도 참으로 귀찮고 손이 많이 갔다. 더욱이 이 두 말썽꾸러기 제자로 인해 자신은 온갖 고생을 다 겪어야만 했다.
 그렇기에 이제 제자라면 진절머리가 날 정도였다.

그런데 지금 상유란과 서문단려 같지는 않지만 가르쳐야 할 제자가 무려 60명이었다. 거기에 무공이 일류에 달한 제자가 있는가 하면 기초조차 부족한 제자도 있었다. 이런 제자들을 자신 혼자서 가르친다는 건 참으로 힘든 일이 아닐 수 없었다.

물론 가능하겠지만 눈코 뜰 새도 없이 바쁠 게 분명했다. 기껏 집으로 돌아왔는데 그 시간을 이렇게 허망하게 보낼 수는 없었다. 가장 큰 문제는 귀찮다는 것이다.

너무나 귀찮아 그냥 이대로 도망가서 어디 잠적해 버릴까 하는 생각마저 들었다.

"정말 그래 버려?"

1년 전까지만 해도 참으로 유유자적한 생활을 하고 있었다.

자고 싶을 때 자고, 먹을 싶을 때 먹으며 산과 꽃들을 벗 삼아 살아왔다.

가끔 무공 수련을 하다 지치면 마루에 앉아 홀로 술을 들이켜곤 했다.

그때의 한 잔이 어찌나 달콤한지 아직도 잊히지 않을 정도였다.

그런데 그 평화가 상유란과 서문단려의 난입으로 인해 깨어져 버렸다. 아니, 그 두 제자 때문에 몇 번이고 죽을 고생을 한 건 그럴 수 있다고 치자.

하지만 60명의 제자들을 석 달 동안 가르친다는 건 자신의 생활을 포기하는 거나 다름없었다.
"젠장, 설마 내가 질 줄이야."
화산파의 장문인인 백운과의 내기에서 이겨 당당히 놀고 먹으려던 계획이 어긋나 버리고 말았다.
"그놈들을 어떻게 가르치지……."
조운학은 고심에 잠겼다.
"굳이 내가 가르치지 않아도 무공 수련을 할 수 있게 하는 방법이 없을까?"
문득 나예설에게 상의해 볼까 하는 생각이 들었지만 금세 고개를 저었다.
당장 내일부터 본격적인 수련에 들어가야 하는데 이제 와 상의한다고 해서 별 뾰족한 수가 나올 리 없었다.
그럼에도 조운학은 포기하지 않았다. 두 눈을 감은 채 생각을 멈추지 않았다.
'분명 방법이 있을 거야, 분명…….'
그렇게 얼마나 생각에 잠겼을까.
조운학의 두 눈이 번쩍 뜨였다.
"그렇게 하면 되겠구나!"
무언가 묘수가 떠올라서일까. 그의 입가에는 한 줄기 득의 양양한 미소가 걸려 있었다.

❊　❊　❊

 다음날 아침, 묘시초(卯時初)가 되자 화산파의 일꾼들이 나타나 제자들이 잠든 천막 앞에 식사를 차렸다. 어젯밤과는 달리 밥 한 공기와 서너 가지의 야채가 전부였다. 이런 일꾼들의 움직임에 제자들은 천근만근 무거운 몸을 일으켜 세워야 했다. 어제 죽어라 두들겨 맞았기 때문인지 움직일 때마다 온몸이 파르르 떨릴 정도로 아팠다.
 그래서인지 천막 밖으로 나온 제자는 십수 명에 불과했다. 천막 안에 있는 나머지 제자들은 밥이고 뭐고 그저 쉬고 싶은 마음뿐이었다. 밖으로 나온 제자들은 억지로 식사를 마쳤다.
 그렇게 반 시진 정도 흐르자 조운학이 모습을 드러냈다. 그의 뒤에는 상유란과 서문단려, 그리고 선우궁이 뒤따르고 있었다. 식사를 마치고 휴식을 취하던 제자들 중 한 명이 급히 외쳤다.
 "조 장로님이시다!"
 눈부실 정도였다. 휴식을 취하던 제자들이 자세를 취했고, 천막 안에서 끙끙거리던 제자들이 일제히 튀어나오더니 재빨리 질서 정연하게 자리를 잡고 섰다.
 그야말로 눈 깜짝할 사이에 벌어진 일이었다.
 제자들은 일제히 외쳤다.

"조 장로님을 뵙습니다!"

"오냐."

 조운학은 한 차례 고개를 끄덕이며 대답한 뒤 눈앞의 제자들을 쭉 훑어봤다.

"우선 너희들을 세 조로 나누겠다. 그러니 이십 명씩 갈라 지도록."

 그러자 제자들은 대충 가까운 사람들끼리 20명씩 갈라져 도열했다. 조운학은 왼쪽부터 말했다.

"너희들이 일 조고 중앙이 이 조, 가장 오른쪽이 삼 조다. 알겠어?"

"예."

 조운학의 시선이 언뜻 뒤로 향했다.

"너희도 각자 흩어져."

 그러자 상유란은 1조의 앞에 섰고, 서문단려는 2조, 마지막으로 선우궁은 3조의 앞에 섰다.

"이 아이들도 너희와 같은 조다. 자, 수련 방법은 간단하다. 지금부터 오시초(午時初)까지 조원들끼리 합동 수련을 하든 개인 수련을 하든 마음대로 하도록. 그 뒤로 감자를 한 개씩 먹은 후 저 산으로 들어가 싸움을 벌인다. 싸움의 규칙은 간단하다. 각조마다 조장을 뽑은 뒤 그 조장은 머리에 영웅건을 맨다. 유시정(酉時正)까지 그 영웅건을 빼앗으면 이기는 것이다."

조운학은 곰방대로 한쪽 손바닥을 툭툭 치며 말을 이었다.

"영웅건은 세 개. 각조가 자신의 영웅건을 지키고 단 한 개도 빼앗지 못했다면 모두가 패배. 자신의 영웅건을 지켜도 다른 조가 영웅건을 빼앗겨 한 조의 영웅건이 두 개가 된다면 그 조의 승리. 또한, 한 조가 다른 두 조의 영웅건을 빼앗는다면 그 조가 승리하는 것이다. 유시정까지 영웅건을 가장 많이 가진 조가 우승이다. 만약 우승한 조의 영웅건이 두 개라면 나머지 한 개의 영웅건을 가진 조는 이 등이 된다. 영웅건을 빼앗긴 조는 꼴찌가 되는 것이지."

제자들은 작게 술렁거렸다.

"벌칙은 간단하다. 지금부터 저녁밥은 정확히 사십 인분을 준비해 놓을 것이다. 천막 안에 준비해 놓은 음식은 먼저 우승한 조가 들어가서 먹는다. 그 뒤로 이 등을 한 조가 기다렸다가 식사를 하러 들어간다. 그때까지 꼴찌 한 조는 저 성모봉의 정상에 뛰어서 다녀온 뒤 남은 음식들을 먹는 것이다."

제자들의 술렁거림이 더욱 커졌다. 벌칙이 너무 가혹하다고 느낀 것이다. 조운학이 그런 제자들에게 일침을 가했다.

"시끄러. 이기면 돼, 이기면. 간단하잖아. 그리고 너희들, 동료애가 남다르다며? 음식을 사십 인분을 준비했으나 남은 동료에게 양보하며 나눠 먹으면 배는 채우지 못해도 충분히 허기를 채울 수 있을 거야. 아니면 너희들의 동료애가 고작 그 정도밖에 안 되는 거야? 앙?"

"그렇지 않습니다!"

"그깟 음식은 안 먹어도 상관없습니다."

"어제 너희들을 보면 그다지 동료애가 깊어 보이지는 않던데?"

 제자들은 찔끔했다. 어제 조운학의 지시에 실수하는 동료들을 원망하며 두들겨 팼지 않은가. 그럼에도 제자들은 어제와는 사정이 다르다고 생각했다.

 그때 문득 조운학의 입가가 벌어졌다.

"그리고 다른 수련 방법도 있어. 내가 직접 무공 지도를 하는 거지. 제자들아, 내가 무공을 지도하는 마음가짐이 어떻지?"

 상유란이 대답했다.

"사람은, 특히 무공을 터득하고자 하는 무인의 한계는 끝이 없다! …입니다."

 서문단려가 덧붙였다.

"그러니 맞고 또 맞으며, 죽을 때까지 맞으면서 무공 수련을 해도 쉽게 죽지 않는다. 입니다."

"이놈들이 어제 두들겨 맞은 건?"

 문득 상유란과 서문단려의 시선이 제자들에게 향했다. 제자들은 볼 수 있었다. 두 소녀가 자신들을 한심스럽다는 듯이 훑어보는 것을.

"그 정도는 매일 하는 거잖아요."

"사부님이 진검을 들지 않은 것만 해도 사정을 많이 봐주신 걸요."

제자들은 하나같이 황당함을 감출 수가 없었다. 대체 저게 무슨 말인가. 그들은 상유란과 서문단려의 멱살을 잡고 지금 장난치냐고 소리치고 싶은 심정이었다.

어제 자신들을 두들겨 패던 조운학은 너무도 잔혹무비했다. 정말로 죽는다고 절망했을 정도였다. 한데 그게 두 소녀에게는 일상이라는 것이다. 더욱 큰 문제는 저들의 말이 전혀 거짓으로 들리지 않는다는 거였다.

조운학이 물었다.

"내가 특별히 선택할 수 있는 기회를 주지. 전자가 좋아, 후자가 좋아?"

제자들은 망설이지 않았다.

"전자가 좋습니다!"

"그럼 내가 아까 말한 걸 명심하도록 하고. 이렇게까지 말했는데도 지금부터 하고자 하는 수련이 마음에 안 든다면… 좋아, 반항하도록 해. 단지 그 반항을 나한테 들키지만 않으면 돼. 만약 들키게 되면……"

조운학이 말꼬리를 흐리자 단지 그것만으로도 제자들은 사지가 덜덜 떨려 왔다.

"명심해. 선발대는 굳이 육십 명이나 필요 없다는 것을. 알겠어?"
"예… 예."
"목소리 봐라."
"예! 명심하겠습니다!"
"좋아. 그리고 오후에 있을 싸움을 뭐라 칭한다……."
상유란이 번쩍 손을 들며 말했다.
"사부님."
"왜?"
"영웅대전이 어떨까요?"
"영웅대전은 개뿔……. 하지만 뭐, 이름이나 아무거나 갖다 붙이면 되니까. 그렇게 하자."
"예."
"그럼 지금부터 알아서 하도록."
조운학은 곰방대를 입에 물며 등을 돌렸다.

※　※　※

조운학이 떠나가자 남은 제자들은 잠시 술렁거렸다. 어떻게 해야 할지 당혹스러웠기 때문이다. 가장 먼저 움직인 건 상유란이었다. 소녀는 태연하게 옆으로 걸어가며 말했다.
"저쪽은 이제 다 적이니까 멀찍이 떨어져서 의논해요."
상유란의 말에 1조원들은 일순 멍한 표정을 지었으나 금세 그녀의 뒤를 따랐다. 그런 1조를 바라보던 2조원들은 자연스럽게 서문단려에게 시선을 집중했다. 하지만 서문단려는 그들 중 한 명을 향해 말했다.

"현무 사형, 지시를 내려 주세요."

일 대 제자 중 한 명이었던 현무가 2조에 속해 있었던 것이다. 현무는 고개를 끄덕이며 말했다.

"우리도 저쪽으로 가서 의논하자."

그렇게 2조원들도 다른 곳으로 자리를 옮기자 남은 건 3조원들뿐이었다. 3조원들도 선우궁을 바라봤다. 하나 그건 선우궁도 마찬가지였다. 그는 20명에 달하는 인원들이 자신을 바라봐도 그저 무덤덤한 표정으로 마주 볼 뿐이었다.

그러자 한 사내가 나섰다.

"다른 조가 모두 멀찍이 떨어졌으니 우리는 그냥 여기서 의논하자."

"아… 현송 사형."

"회주님."

제자들은 그제야 자신들의 조에 현송이 포함되어 있었다는 걸 알아차렸다. 그만큼 현송은 제자들의 눈에 띄지 않게 가장 뒤에 조용히 서 있었던 것이다.

'괜히 나섰나……'

현송은 금세 후회했다. 어제 조운학에게 고기 다져지듯이 인정사정없이 두들겨 맞은 후 내내 스스로를 자책했다. 나름대로 조운학에 대해 잘 알고 있었음에도 나서긴 왜 나섰단 말인가. 거기서 조운학이 일부러 져 줄 거라는 순진한 생각을 하다니.
'내가 잠시 미친 거였어……'
그래서 한동안 몸을 사리려고 생각했다. 한데, 다른 조들은 모두 떠났는데 자신이 속한 3조원들은 멀뚱히 서 있기만 하자 답답한 마음에 나서고 만 것이다.
잠시 후회감도 들었지만 애써 떨쳐 버렸다. 지금은 그런 것보다 오후에 있을 영웅대전에서 승리하는 게 중요했다.
'이렇게 된 이상 반드시 영웅대전에서 우승해야 돼.'
현송은 저녁도 먹지 못한 채 저 높은 성모봉을 올라갔다가 도로 내려오는 건 절대 사양하고 싶었다. 그러기 위해서라도 반드시 영웅대전에서 우승해야만 했다.
'다행이라면 이 소년이 우리 편이라는 거야……'
그의 시선이 선우궁에게 향했다. 이미 선우궁의 무위가 자신을 능가한다는 걸 알고 있었다. 예전에 멋모르고 비무를 벌였다가 호되게 당했지 않은가. 물론 그 전 무림맹의 탕마신풍대와의 싸움에서 상유란과 서문단려의 무위가 엄청나다는 것도 알 수 있었다.
하지만 이왕이면 조운학의 직전 제자인 두 소녀보다는 선우궁이 상대하기 편했다.
조운학을 닮았는지 능구렁이나 다름없는 상유란과 서문단

려에 비해 선우궁이 훨씬 순박하다는 걸 알고 있었기 때문이다.

현송은 물었다.

"그럼 조장은 누가 할 텐가?"

"당연히 회주님께서 하셔야지요."

"모두가 한마음입니다."

"자네는 어찌 생각하는가?"

현송은 제자들 모두가 찬성하자 마지막으로 선우궁에게 되물었다.

"누가 조장이 되든 상관없습니다. 그저 저는 아직 부족함이 많으니 폐가 되지 않게 최선을 다하겠습니다."

"알았네."

현송은 새삼 선우궁이 자신의 조원이라는 게 다행이라고 안도하며 입을 열었다.

"그럼 내가 조장을 맡도록 하겠네. 오시초까지는 아직 시간이 충분하네. 오후의 영웅대전을 대비해 손발을 맞추는 수련을 해야겠지만……."

그는 한 차례 제자들을 훑어봤다. 선우궁을 제외하고는 하나같이 피곤에 절어 있었다. 그건 자신도 마찬가지였다.

현송은 지금 자신들에게 가장 필요한 건 휴식이라는 걸 알고 있었다.

"몸 상태가 회복되지 않은 지금 무리한 수련은 오히려 해가 될 수도 있으니 잠시 휴식을 취하도록 하세."

"좋은 생각이십니다."

제자들은 환한 표정으로 고개를 끄덕였다. 현송은 마지막으로 선우궁을 바라보며 말했다.

"지금 우리 상태가 좋지 않으니 잠시 휴식하겠네. 자네도 함께 휴식을 취하든 수련을 하든 마음대로 하게나."

"알겠습니다."

그 뒤로 현송과 제자들은 휴식을 취했다. 그에 반해 선우궁은 공터로 가서 홀로 검을 휘둘렀다.

3조원들은 처음에는 반 시진 정도만 휴식을 취하려고 했다. 하지만 한 번 몸을 눕히자 다시 일어나기가 싫었다. 어제 잠을 설쳐서 그런지 코를 골면서 깊은 잠에 빠진 제자들도 있었다. 현송은 옆에서 들려오는 코 고는 소리에 절로 눈꺼풀이 무거워졌다.

'안 돼, 이대로 잠들어서는……'

두 눈을 크게 뜨고 고개를 흔들었다. 하나, 시간이 지날수록 정신은 몽롱해져만 갔다. 이윽고 현송은 깊은 잠에 빠져 버렸다.

※ ※ ※

화산파의 연무장에 수많은 무인들이 도열해 있었다. 화산파의 장문인도 있었으며 모든 장로들과 매화검수들. 거기에 조운학과 나예설도 나란히 서있는 게 보였다.

그리고 그 중심에는 한 무인이 오연히 서 있었다. 바로 현송이었다.

현송은 검을 뽑았다. 검신을 눈앞에 두고 다시 눈을 감았다. 그는 잠시 그렇게 고요히 서 있었다. 그 모습이 너무나 아름답고 경건해 사람들은 눈을 떼지 못했다.

문득 현송의 검이 움직였다. 아니, 아무렇지도 않게 검을 허공에 한 차례 베는 것에 불과했다.

하지만 그것은 시작에 불과했다. 그는 마치 전신이 깃털로 변한 것처럼 어쩌다 지면에 두어 번 발을 디딜 뿐, 허공을 날아다니는 듯했다. 그리고 그 춤추며 휘두르는 검에서는 보기만 해도 베일 것 같은 시린 백광이 줄기줄기 뻗쳐 나왔다.

그러던 어느 순간 현송의 검무가 거짓말처럼 정지하더니, 자연스럽게 두 다리를 가볍게 벌리고 검을 고요히 세웠다. 그리고 그 자세에서 부드럽게 움직이더니 이번에는 편안하게 검을 늘어뜨렸다.

그렇게 현송은 기수식이라고 생각되는 동작을 한 번씩 취하기 시작했다. 약속한 듯이 움직이는 그 모습은 환상처럼 아름다웠다.

그것은 새로운 세계였다.

사람들은 현송의 검무를 조금이라도 놓칠세라 두 눈을 부릅뜨고 바라보았다. 찰나지간에 감겼다가 떠지는 눈꺼풀이 안타까울 정도였다. 현송의 입이 열린 건 바로 그때였다.
 "화산의 검이란 본래 깨끗하여 환히 밝아 모남도 없고, 크고 작음도 길고 짧은 모양도 없으며, 번뇌(漏)도 작위(作爲)도 없고 미혹됨도 깨달음도 없다."
 이윽고 새로운 세계는 다시 본래의 모습을 드러내고, 현송은 다시 침묵했다. 그는 눈을 뜨고 있으나, 마치 먼 곳을 바라보는 듯 멍한 것이 무념의 바다에 빠져 있었다. 그러다 다시 입이 열리고 그의 검이 허공을 수놓았다.
 "결국 화산의 검이란 깨끗함도 더러움도 없으며, 큼도 없고 작음도 없으며 번뇌도 없고, 인위적 작위도 없다. 이와 같은 한마음 가운데서 바야흐로 방편으로 부지런히 장엄하는 것이다."
 영롱한 매화가 피어올랐다. 그것은 어느 순간 2개로 변했고, 이내 4개, 8개, 16개로 늘어났다. 지금 자신이 환상을 보고 있는 건 아닌가 해서 두 눈을 비비는 사람도 있었다.
 수십 개에 달하는 매화가 허공에 가득 찼다. 그 모든 매화들이 지금 현송의 뜻대로 움직였다.
 "무상정각. 오로지 한마음일 뿐 실로 다른 모양이 없으며, 또한 광채가 빼어날 것도 없고 나을 것도 못할 것도 없다. 나을 것이 없기 때문에 검이라는 모양이 없고, 못할 것이 없기 때문에 화산의 검인 것이다. 보아라."

 수십 개에 달하던 매화가 하나로 합쳐지더니 새하얀 구체를 이루었다. 그 구체에 쩌적 하고 금이 가더니 황금빛 광채에 휩싸인 검이 튀어나왔다. 검은 마치 춤을 추듯이 허공을 화려하게 움직였다.

 사람들은 그 검에서 눈을 떼지 못했다.

 저 검의 움직임이야말로 근원의 청정함. 가장 본질적인 힘.

 이윽고 검은 주인에게 돌아가듯이 다시 현송의 손으로 돌아왔다.

 화산파의 사람들이 일제히 부복했다.

 "화산의 검신을 배알합니다."

 현송은 오연히 선 채 그런 사람들을 내려다 봤다. 그때 유일하게 부복하지 않은 사람이 있었다. 바로 나예설이었다. 그녀는 어딘가 감격에 가득 찬 눈빛으로 현송을 바라보고 있었다.

 현송은 빙그레 웃으며 두 팔을 활짝 벌렸다. 나예설의 입가에 환한 미소가 걸리며 그녀는 현송을 향해 달려왔다. 이윽고 현송은 나예설의 몸을 으스러지게 껴안았다.

 그런데 이상했다. 분명 깃털처럼 가벼워야 할 나예설의 무게가 큰 바윗덩어리처럼 무거웠기 때문이다.

 그 때문에 가슴팍이 엄청나게 아팠다.

"헉!"

현송은 화들짝 놀라며 두 눈을 떴다.

그는 그제야 자신이 꿈을 꾸고 있었다는 걸 알아차렸다. 눈을 뜨니 한 소녀가 자신의 가슴팍에 턱 하니 다리를 올린 채 내려다보고 있었다. 자세히 보니 상유란이었다. 재빨리 상체를 일으키려고 했으나 상유란이 다리에 힘을 주는 바람에 다시 누워야만 했다.

"너……."

"팔자 좋으시군요. 뭐, 덕분에 쉽게 이겼어요."

말과 함께 상유란은 목검을 휘둘러 현송의 머리를 내리쳤다.

"크헉!"

현송은 머리가 부서질 듯한 고통에 절로 비명성이 터져 나왔다. 이어 그의 이마에 매고 있던 영웅건이 사라졌다.

"앗싸!"

머리를 쓰다듬으며 앞을 보니 상유란이 자신의 영웅건을 손에 움켜쥔 채 환호하고 있었다.

현송은 그제야 이미 영웅대전이 시작되었으며 그만 잠을 자는 바람에 영웅건을 **빼앗겼다**는 걸 알아차렸다.

재빨리 주변을 둘러보니 3조 중 대부분이 제압당해 쓰러져 있었고, 선우궁만이 서너 제자들의 합공에 힘들 게 맞서고 있었다.

그런 선우궁도 현송이 영웅건을 빼앗기자 더 이상 버티지 않고 항복했다.

바로 그때였다.

"쳐라!"

"저기 영웅건을 빼앗아!"

2조의 제자들이 나타나더니 일제히 상유란을 향해 덮쳐들었다.

방심하고 있던 3조의 제자들을 손쉽게 쓰러뜨리고 잠시 승리했다는 기쁨에 잠겨 있던 1조의 제자들은 제대로 허를 찔리고 말았다.

1조의 영웅건은 상유란이 이마에 매고 있었던 것이다.

"막아!"

1조의 제자들은 상유란을 보호하기 위해 노력했으나 이미 포위당하고 말았다.

"치, 치사하게!"

상유란은 사방에서 덮쳐드는 목검의 공격에 정신없이 방어해야만 했다.

그러면서 어떻게든 포위망을 뚫고 나가기 위해 노력했다. 그런 노력 덕분인지 포위망 중 한 곳에 빈틈이 생겨났다.

상유란은 지체 없이 그곳을 돌파하려고 했다. 그때 그녀의 귓가에 한 줄기 낭랑한 음성이 들려왔다.

"여기로 올 줄 알았어."

바로 서문단려의 음성이었다.

"헉!"

상유란은 그제야 자신이 함정에 빠졌다는 걸 알아차리고는 재빨리 몸을 뒤로 뺐으나 한발 늦었다.

서문단려의 목검이 그녀가 다른 손에 쥐고 있던 영웅건을 절묘하게 빼앗아 간 것이다. 이어 서문단려는 상유란의 다른 영웅건까지 노렸다.

하지만 상유란은 그것마저 빼앗길 수는 없기에 사력을 다해 포위망을 돌파하려고 했다. 마침 1조의 제자들 중 일부분이 합류했고 힘들게나마 포위망을 돌파해 나갈 수 있었다.

서문단려는 제자들과 함께 상유란을 계속 노렸다. 하지만 그때야 상황을 알아차리고 덤벼드는 3조원들에 의해 물러설 수밖에 없었다. 결국 상황은 교착상태에 빠졌고, 그대로 시간이 끝나 버리고 말았다.

그 순간, 어딘가에서 폭죽이 터졌다.

은밀한 곳에서 지켜보고 있던 마령이 터트린 것이다.

그건 영웅대전이 끝이 났다는 걸 의미했다. 우승한 조는 2조였다.

제2장
먹을 것에 분열되는
예설사랑회

 영웅대전에서 꼴찌를 한 3조는 1조와 2조가 저녁 식사를 할 동안 성모봉으로 뛰어 올라가야 했다.

 현송은 벌써 숲길을 반 시진 이상 달린 것 같았다. 지금까지 이런 고행을 한 적이 없는지라 이를 악물어야 할 만큼 힘들었다. 숨이 차고 다리가 후들후들 떨려 도저히 더 이상 뛸 수가 없었다. 땀방울이 스며들어 눈이 쓰리고 시야가 가물가물 흐려졌다. 심장은 곧 폭발할 듯이 뛰고, 목구멍은 불에 활활 타는 듯했다.

 그래도 현송은 걸음을 멈출 수 없었다. 바로 선두에 선 채 달려가는 선우궁 때문이다.

 3조의 제자들 중 가장 어린 선우궁이었다. 그런 선우궁이 선두에 서서 달려가고 있는데 어찌 3조의 조장인 자신이 뒤처진단 말인가. 하지만 점점 한계가 다가오고 있었다.

"더, 더 이상 못 가겠어."

"헉, 헉… 심장이 터질 것만 같아."

그때 죽어라 뒤따르던 제자들이 하나둘 털썩털썩 쓰러지기 시작했다. 그건 현송에게는 참으로 다행스러운 일이었다. 그는 그걸 핑계로 선우궁을 불러 세웠다.

"자, 잠시 멈추게."

그제야 선우궁이 멈춰 섰다.

"조원들이 힘들어하니 잠시 쉬었다 가세."

"예?"

선우궁은 고개를 갸웃거렸다. 아직 반도 오지 않았는데 왜 벌써부터 힘든 건지 이해하지 못하는 표정이었다.

현송은 내심 한숨을 쉬었다.

'조 장로님의 제자들이나 나 문주님의 제자나 하나같이 괴물들이구나.'

어쨌든 3조의 제자들은 거친 호흡을 가다듬으며 잠시 휴식을 취했다. 그때 한 제자가 조심스럽게 물었다.

"저희가 먹을 음식이 남아 있겠지요?"

몸은 힘들었고 배도 많이 고팠다. 이대로 돌아가도 먹을 음식이 없다고 생각하면 절로 힘이 빠졌다.

현송은 동료들을 믿었다.

"당연하다. 우리는 같은 회원들이지 않느냐. 장담하건대 틀림없이 많은 음식들이 남아 있을 것이다."

"그, 그렇겠죠?"

"맞아. 우린 한 가족이잖아."

처음에는 반신반의하던 제자들도 점점 다른 동료들을 믿는 분위기로 바뀌었다.

"자, 그럼 어서 가자. 조금 더 시간을 지체하면 어두워져서 길을 잃을 수도 있다."

현송의 독려에 제자들은 억지로 몸을 움직여야만 했다.

그렇게 힘든 성모봉까지의 산행을 마치고 돌아온 3조의 제자들은 하나같이 녹초가 되어 버렸다. 조금이라도 건드리면 그대로 쓰러져 다시는 일어나지 못할 정도로 지친 것이다.

그럼에도 지금 그들의 머릿속에는 한 가지 생각밖에 없었다.

'배고파. 밥, 밥이 먹고 싶어!'

음식이 있는 천막에 도착하니 이미 식사를 끝낸 1조와 2조는 각자 휴식을 취하거나 무공 수련을 하고 있었다. 그들은 3조원들이 나타나자 잠시 행동을 멈추고는 묘한 시선들을 던졌다.

먹을 것에 분열되는 예설사랑회 • 43

이윽고 3조원들은 두근거리는 마음으로 천막 안으로 들어갔다.

그들의 두 눈이 휘둥그레 커졌다. 천막 안에 생각보다 많은 음식들이 남아 있었던 것이다.

3조원들은 크게 기뻐하며 음식들을 나눠 먹었다.

잠시 후, 부른 배를 두들기며 천막 밖으로 나온 3조원들은 1조와 2조의 제자들과 시선을 마주쳤다.

그들의 눈빛에는 하나같이 흐뭇함이 가득했다.

그렇다. 자신들은 동료였으며 예설사랑이라는 뜻깊은 단체에 속해 있는 같은 회원들이었다. 그런 짙은 동료애가 지금 이 순간 환하게 빛나고 있는 것이다.

제자들의 입가에는 미소가 지어졌고 가슴은 그저 뿌듯하기만 했다.

지금 이 순간, 그들은 눈앞의 제자들이 같은 동료라는 게 이보다 자랑스러울 수가 없었다.

선우궁은 그런 제자들을 보며 고개를 갸웃거렸고, 상유란과 서문단려는 설레설레 고개를 저었다. 무엇보다 두 소녀는 알고 있었다. 지금의 이 분위기가 오래가지 못하리라는 것을.

✽　✽　✽

다음 날에도 여지없이 영웅대전이 시작되었다. 현송은 이번에는 허무하게 당하지 않지 않기 위해 단단히 대비를 했다.

영웅대전의 시작을 알리는 신호가 올리자 20명의 제자들이 현송의 주위로 겹겹이 에워쌌다. 어떤 조가 덤비든 영웅건을 매고 있는 현송을 보호하기 위해서였다.

그런 현송의 바로 옆에는 선우궁이 대기하고 있었다. 3조원들 중에서 그가 가장 강하다는 걸 알고 있는 현송이기에 바로 지척에 대기시킨 것이다. 물론 공격을 해야 이길 수 있다는 걸 알고 있었다.

그러나 현송은 자신의 조가 다른 조를 공격하다가 역습을 당하는 게 두려웠다. 거기에 1조와 2조를 상대해 이길 자신이 없었던 것이다. 그래서 우선 방어에만 치중하기로 결정을 내렸다.

그렇게 얼마의 시간이 흘렀을까.

긴장한 표정으로 다른 조원들의 공격에 대비하고 있던 3조원들은 시간이 흘러도 공격이 없자 의아한 표정들이었다. 사실 그때는 1조가 2조를 공격하고 있었다. 상유란이 처음 영웅대전에의 패배를 설욕하기 위해 쳐들어간 것이다. 하지만 서문단려는 이미 그런 상유란의 의도를 파악하고 있었다.

그래서 일부의 제자들로 막무가내로 돌진해 오는 1조의 제자들을 막는 한편, 서문단려 자신은 다른 제자들과 함께 상유란을 노렸다. 그녀가 매고 있는 영웅건을 뺏기 위해서였다. 하나, 상유란도 이번에는 홀로 움직이지 않았다.

자신을 보호해 줄 서너 명의 제자들과 함께 움직인 것이다. 싸움을 그야말로 팽팽했다. 어느 한쪽으로 치우치지 않았다. 그러자 결국 상유란과 서문단려는 잠시 뒤로 물러섰다.

그리고 이런 상황을 전혀 알지 못하는 3조는 그저 방어에만 집중했다. 하지만 3조는 곧 재앙을 맞이하게 된다. 승부를 내지 못한 1조와 2조가 동시에 3조를 공격해 온 것이다.

"치, 치사하게!"

현송은 억울하다는 듯이 외쳤지만 상유란과 서문단려는 신경 쓰지 않았다.

"승부에 치사한 게 어디 있어요."

"정답."

1조와 2조의 공격에 3조는 빠르게 무너져 갔다. 그 와중에 상유란과 서문단려는 현송의 영웅건을 뺏으려고 했다. 현송은 금방이라도 영웅건을 빼앗길 상황에 당황하며 어찌할 바를 몰랐다. 그런 현송에게 구원자가 나타났다.

선우궁이 상유란과 서문단려에게 당당하게 맞선 것이다.

"오오!"

현송은 선우궁이라면 충분히 두 소녀 중 한 명은 상대하리라 생각했다. 그리고 나머지 한 명에게선 어떻게든 도망칠 수 있을 것이다.

  그때 상유란과 서문단려의 눈빛이 서로 뒤엉켰다. 의견은 순식간에 일치되었고 두 소녀는 선우궁을 합공하기 시작했다. 이번에는 선우궁이 외쳤다.

"치, 치사하게!"

"승부에 치사한 게 어디 있어."

"이번에도 정답."

  선우궁의 무위는 상유란과 서문단려와 비슷했다. 한데, 그런 두 소녀가 합공을 하니 선우궁으로서도 오래 버틸 수가 없었다. 현송이 그런 선우궁을 도왔지만 버티는 시간만 약간 늘어났을 뿐이었다. 결국 선우궁은 쓰러지고 말았고 현송의 영웅건은 서문단려의 손에 들어갔다. 직후, 상유란은 서문단려를 공격했다. 하지만 서문단려는 더 이상 싸우지 않고 그대로 도망쳐 버렸다.

  상유란은 재빨리 뒤쫓으며 자신도 모르게 외쳤다.

"치사하잖아!"

  현송과 선우궁은 땅바닥에 누운 상태에서 발끈했다.

"네가 그런 소리를 하다니!"

  그 뒤의 상황은 숨바꼭질이나 다름없었다. 서문단려는 2조원들의 도움을 받으며 계속해서 도망 다녔고, 상유란과 1조원들은 그런 그녀를 잡기 위해 사력을 다했다. 3조원들도 역습을 노렸지만 번번이 실패하고 말았다.

그러나 서문단려는 절묘하게 도망 다니며 결국 영웅대전이 끝날 때까지 잡히지 않았다.

이번에도 승리한 조는 2조였다.

결국 3조원들은 영웅대전이 끝이 나고 제대로 쉬지도 못한 채 오늘도 성모봉을 올라야 했다.

어제 허무하게 끝난 영웅대전과는 달리 오늘의 싸움은 참으로 치열했다. 1조와 2조의 공격을 한꺼번에 받아야 했기 때문이다.

아무리 조가 나눠져 있고 영웅대전을 벌이는 동안에 적이어도 자신들만의 동료애가 있기에 심한 공격을 받지는 않았다.

그럼에도 온몸에 입은 타박상은 몸을 움직일수록 심한 고통을 느끼게 했다. 이런 몸으로 성모봉을 올랐다 내려가는 건 참으로 힘들었지만 포기할 수 없었다.

무엇보다 너무 많이 움직여서 그런지 배가 무척 고팠다. 돼지 한 마리도 거뜬히 먹어 치울 수 있을 것만 같았다.

3조원들은 성모봉을 올랐다가 내려가야지만 음식을 먹을 수 있기에 정말로 사력을 다했다. 결국 그들은 해낼 수 있었고 음식이 들어 있는 천막 안으로 뛰어들어 갔다.

그런데 그런 3조원들의 얼굴에 한 줄기 실망감이 스쳐 지나갔다. 적어도 어제와 비슷한 양의 음식들을 기대했는데 눈에 보기에도 양이 제법 줄어 있었기 때문이다.

그건 당연했다.

3조원들도 영웅대전을 하느라 힘들었지만 1조와 2조의 제자들도 힘든 걸로 치자면 더하면 더했지 결코 모자라지 않았다.

그렇게 죽어라 몸을 움직였으니 배가 고픈 건 당연했다. 그렇다 보니 마지막 남은 3조를 생각하면서도 어제보다는 많은 음식을 먹게 된 것이다.

어쨌든 3조원들은 그나마 남아 있는 음식에 감사하며 먹었다. 그럼에도 여전히 배가 고팠지만 참아야만 했다. 또한, 3조원들은 영웅대전을 조금 더 심각하게 받아들이기로 했다.

지금까지는 꼴찌가 돼도 어떻게든 버틸 수 있으리라 생각했었다. 하지만 성모봉까지의 등반이야 한다고 해도 계속 이렇게 남겨 준 음식만 먹을 수 없는 노릇이었다.

그래서 3일째 영웅대전에서는 나름대로 상황에 맞춰 싸웠다. 그럼에도 결국은 영웅건을 빼앗겼고, 또다시 남는 음식을 먹게 되었다.

그렇게 7일째 이어진 영웅대전에서 3조는 계속 꼴찌 하기만 했다. 1조와 2조가 번갈아 가며 우승을 했던 것이다.

문제는 시간이 지날수록 남아 있는 음식이 줄어든다는 거였다. 그리고 7일째에는 겨우 5명 정도가 먹을 만큼 남은 음식을 보게 되었다. 3조는 그거라도 나눠 먹을 수밖에 없었다.

영웅대전이 시작되면서 제공되는 식사도 바뀌었다. 아침은 간단한 채소 절임이 전부였고, 점심은 감자 한 개가 다였다. 그렇다 보니 3조는 늘 배고팠다. 배고픔을 참지 못해 몰래 먹을 것을 구하러 나가거나 사냥을 하러 나가는 제자들도 있었다.

그러나 그들이 마령의 감시를 벗어날 수 있을 리 만무했다. 마령은 조운학의 의도에서 벗어난 행동을 하는 제자들을 제압한 뒤 나무에 거꾸로 매달아 버렸다. 이어 아혈을 짚어 말을 하지 못하게 했다. 아혈은 한 시진이 지나고서야 풀렸고, 그제야 제자는 도움을 청할 수가 있었다.

그 뒤로도 제자들은 가끔 먹을 것을 구하기 위해 노력했으나 소용없었다. 오히려 벌칙의 강도가 더 강해져 종일 나무에 거꾸로 매달려 있어야만 했다.

그제야 제자들은 따로 음식을 구하려는 무모한 행동을 하지 않게 되었다.

이래저래 3조는 힘들었다.

더욱이 계속 꼴찌를 해서 그런지 1조와 2조에 속한 제자들의 눈초리도 심상치 않았다. 매일 저녁 자신들이 남긴 음식만 먹는 3조원들을 한심해하는 듯했다.

현송은 그걸 재치 있게 알아차렸고, 이대로 가면 안 된다는 위기감을 느꼈다. 이들 제자들은 모두 예설사랑에 속한 회원들. 그 단체의 회주가 바로 자신이 아닌가.

그렇기에 제자들은 누구보다 자신을 경외하고 우러러 보고 있었다. 한데, 계속되는 패배로 그게 서서히 바뀌고 있는 것이다.

현송은 사실 영웅대전의 승리에 대한 절박함 같은 건 가지고 있지 않았다.

성모봉을 등반하는 건 힘들었지만 무공 수련을 한다는 생각으로 참을 수 있었다. 또한, 제자들이 남긴 음식을 먹는 건 오히려 자신들이 끈끈한 동료애로 뭉쳐 있다는 걸 재차 확인할 수 있는 수단이라고 생각했다.

그래서 조운학의 의도가 자신들의 동료애를 시험하는 것임을 깨닫고는 오히려 코웃음을 쳤었다. 그가 의도하는 건 모두 실패할 것이라 확신했었다.

하지만 이렇게까지 몰리다 보니 더 이상 태연하게만 생각할 수가 없었다.

다른 조원들의 시선도 그렇지만 같은 조원들의 눈빛도 서서히 변하고 있었다. 가끔 영웅건을 빼앗긴 자신을 탓하는 소리까지 들려왔기 때문이다.

현송은 이대로는 안 된다는 생각에 모여서 전략을 짜기 시작했다. 한데 막상 머리를 맞대고도 마땅한 묘수가 떠오르지 않았.

현송이 직접 선우궁에게 물었다.
"좋은 생각이 없는가?"
"방어에만 치중하는 게 아니라 정면으로 쳐들어가서 상대의 영웅건을 빼앗아 오는 겁니다."
"그때 다른 조가 기습을 한다면 어찌하겠는가?"
"그 기습한 조의 영웅건도 빼앗는 겁니다."
"어떻게?"
선우궁은 당연하다는 듯이 대답했다.
"전심전력을 다한다면 이길 수 있습니다."
"……."
현송은 말문이 막혔다. 생각 같아서는 '그럼 지금까지 전심전력을 안 해서 진 거냐? 앙?'이라고 쏘아붙이고 싶었지만 참았다. 3조에서 선우궁은 없어서는 안 되는 전력이기에 괜히 마음 상하게 할 필요는 없었기 때문이다.

현송은 그 뒤로도 다른 제자들의 의견을 들었다. 1조와 2조가 싸울 때 기습을 하자는 의견과 흩어져서 상대의 조장만을 공격해 영웅건을 빼앗자는 의견도 있었으며, 아예 흩어져서 알아서 움직이자는 의견도 있었다.

현송으로서는 하나같이 마음에 드는 의견이 없었다.
'어쩐다……'
그는 제자들의 또 다른 의견들을 귓등으로 흘리며 고심에 잠겼다.

'조 장로님의 제자란 말이야… 그 조 장로님의 제자……. 그럼 그분의 괴팍함과 치사함도 모두 배웠을 건데……. 그런 제자들을 상대로 어떤 방법을 사용해야 될까…….'

현송은 그러다 불현듯 떠오르는 게 있었다.

'굳이 영웅건 두 개를 모두 빼앗을 필요는 없잖아?'

천막 안의 음식은 40인분. 우승한 조와 2등한 조까지 먹을 수 있었다. 즉, 꼴찌만 하지 않으면 되는 것이다.

'어떻게 해야 꼴찌를 면할 수 있을까.'

현송은 고민하고 또 고민했다. 여기서 다음 영웅대전에서 또다시 꼴찌라도 한다면 정말로 제자들은 자신을 불신할 게 분명했다. 그럴 수는 없었다.

가늘고 길게 사는 게 목표였던 자신이 처음으로 쓴 감투였다. 제자들이 자신을 '회주님'이라고 부르며 존경 어린 표정으로 바라볼 때 얼마나 뿌듯했던가. 다른 사람이 본다면 하찮은 권력이라고 여길 수 있지만 현송에게는 무엇보다 소중했다.

'묘수가 필요해, 묘수가…….'

그때 현송의 뇌리에 번뜩 떠오르는 게 있었다.

'그래. 중요한 건 꼴찌만 하지 않으면 되는 거야.'

그는 환한 표정으로 한 차례 무릎을 탁 쳤다. 이어 조원들을 향해 천천히 입을 열었다.

영웅대전 8일째.

현송은 영웅대전이 시작되자 영웅건을 선우궁에게 넘겼다. 이어 직접 상유란을 찾아갔다. 그러고는 대뜸 연합을 제의했다. 2조의 영웅건을 빼앗도록 도움을 줄 테니 자신들 3조의 영웅건은 노리지 말라는 조건이었다.

상유란으로서는 솔깃한 조건이 아닐 수 없었다. 영웅건이 2개면 무조건 우승이며, 더욱이 그 상대가 서문단려라면 두말할 것도 없었다. 그렇지 않아도 6번째와 7번째 영웅대전에서 연속으로 서문단려에게 우승을 내주는 바람에 속이 상해 있었다.

그래서 이번에는 설사 3조의 역습을 받는다 할지라도 오직 2조만 노릴 생각이었다. 한데 3조가 먼저 와서 이런 연합을 제의하니 수락하지 않을 이유가 없었다.

그렇게 1조와 3조의 연합이 이루어졌다. 직후, 1조와 3조는 2조를 찾아 합공했다.

서문단려로서는 생각지도 못한 허를 찔려 버린 것이다. 제자들과 함께 사력을 다해 저항했으나 1조와 3조의 합공을 막기에는 역부족이었다. 결국 그녀는 영웅건을 상유란에게 빼앗기고 말았다.

그럼에도 서문단려는 포기하지 않았다. 상유란이 3조를 노릴 테고 그때를 기다려 기습을 할 생각이었던 것이다. 하지만 그녀의 예상은 빗나가고 말았다.

상유란이 더 이상 움직이지 않았던 것이다. 그제야 서문단려는 1조와 3조가 연합했다는 걸 알아차렸다. 어쩔 수 없는 그녀는 꼴찌라도 면하기 위해 3조를 공격했다. 하나 3조가 작정하고 방어만 하자 그것도 쉽지 않았다.

서문단려의 공격도 번번이 선우궁에게 막혔다. 결국 이번 3번째 영웅대전은 2조의 패배로 끝났다.

"이겼다!"

"됐어!"

영웅대전이 끝이 나고 3조는 환호했다. 8일 만에 꼴찌에서 벗어난 것이다. 2조원들은 성모봉으로 뛰어 올라갔고 1조와 3조원들은 휴식을 취했다.

잠시 후, 천막에 음식이 차려졌고, 먼저 1조원들이 들어갔다. 한 식경 정도의 시간이 흐른 후, 1조원들은 만족 어린 표정으로 밖으로 나왔다.

"드디어 우리 차례다."

"오늘은 마지막에 남긴 음식을 먹지 않아도 돼."

3조원들은 기대 어린 표정으로 천막 안으로 들어갔다. 이윽고 그들은 경악하고 말았다. 천막 안에 남아 있는 음식이 10인분 정도에 불과했기 때문이다.

"이거……."

"어쩌지……."

3조원들은 당황하며 현송에게 시선을 집중했다.

"허어……."

당황스럽긴 현송도 마찬가지였다. 10인분이라면 자신들이 모두 먹어도 모자란 양이었던 것이다. 나중에 음식을 먹을 2조를 위해서라면 적어도 5인분의 음식은 남겨야 했다. 하나, 그리되면 기껏 2위를 한 보람이 없었다. 꼴찌를 해서 먹는 음식과 별 차이가 없기 때문이다.

현송은 결단의 때가 왔음을 직감했다. 그는 한 차례 두 눈을 질끈 감았다가 다시 뜨며 말했다.

"모두 먹자."

"예?"

"그럼 2조는……."

"아무리 많이 남겨 봤자 삼사 인분 정도에 불과해. 그럼 마지막으로 음식을 먹는 일 조는 어떻게 생각할까? 틀림없이 우리 삼 조가 많이 먹어서 남지 않았던 거라고 오해할 거야. 그러면 내일 영웅대전에서 우리 조를 노릴 게 분명해. 그럴 바에는 아예 전부 먹어 버려서 일 조의 힘을 빼놓는 게 우리한테 유리한 거야."

"아무리 그래도……."

현송의 설득에도 3조원들은 망설였다. 그때 한 제자가 음식을 집어 먹으며 말했다.

"나… 더 이상 거지처럼 오늘은 음식이 얼마나 남았을까

하는 걱정만 하긴 싫어."

그러자 다른 제자도 합류했다.

"그래. 어차피 내일도 이기면 되는 거야."

"맞아. 우린 할 수 있어."

"먹자, 먹는 거야."

3조원들은 하나둘 음식을 먹는 데 동참했다. 이윽고 10인분에 달하던 음식은 모두 바닥나고 말았다.

그렇게 3조원들은 음식을 먹고 나온 후, 오랜 간만에 휴식을 취했다. 아직 배부른 건 아니지만 그래도 평소보다는 많은 음식을 먹었기에 그저 기쁘기만 했다.

잠시 후, 2조원들이 성모봉의 등반을 마치고 돌아왔다. 하나같이 거친 숨을 내쉬며 땀에 절어 있었다.

그런 2조원들을 보던 3조원들은 왠지 모를 우월감을 느꼈다. 곧이어 2조원들은 음식이 있는 천막 안으로 들어갔다. 하지만 곧 그들의 입에서는 비명성이 터져 나왔다.

"크악! 음식이 하나도 없어!"

"어떻게 이런 일이······."

2조원들은 다시금 천막 밖으로 뛰쳐나왔다. 그들은 하나같이 분노한 표정으로 1조와 3조원들을 쏘아봤다. 하나, 1조원들은 그런 2조원들의 시선을 피하지 않았다.

상유란이 조장이다 보니 어느새 그들도 그녀를 닮아 저돌적으로 변하고 있었다. 그에 반해 3조원들은 슬그머니 시선을 회피했다. 조장인 현송부터가 그러니 나머지 조원들도 도둑이 제 발 저린다고 당당히 마주 볼 수가 없었던 것이다. 3조원들 중 유일하게 선우궁만이 2조원들의 시선을 피하지 않고 있었다.

"두고 보자……."

"내 반드시……."

2조원들은 분루를 삼키며 물러섰다. 그들이 느낀 배신감은 이루 말할 수가 없었다. 특히, 2조원들은 우승을 했을 때조차 단 한 번도 음식을 배불리 먹지 않았다. 다른 동료들을 위해 참았던 것이다.

그런데 그런 동료들이 정작 자신들이 꼴찌를 하자 음식을 모두 먹어 버리고 말았다.

그렇기에 2조원들은 반드시 다음 영웅대전에서는 우승하리라 다짐하고, 또 다짐했다. 하지만 이런 다짐에도 불구하고 그 뒤로 열린 영웅대전에서 이틀 연속으로 꼴찌를 하고 말았다. 또다시 1조와 3조가 연합을 하고 만 것이다.

거기에 이번에도 1조와 3조가 모든 음식을 먹어 버리는 바람에 2조는 3일 동안이나 저녁을 먹지 못했다.

그러자 2조원들의 눈빛이 변하기 시작했다. 두 눈에는 독기가 가득 찼다.

다시금 열린 영웅대전에도 1조와 3조는 연합을 했다. 하지만 2조원들은 지금까지와는 달랐다. 악과 깡으로 가장 먼저

3조를 집중 공격했다.

  3조는 막아서고 1조도 보조했지만 2조가 사생결단을 내듯이 덤벼들자 조금씩 밀리기 시작했다. 결국 3조가 먼저 무너져 영웅건을 빼앗겼고, 1조는 잠시 물러설 수밖에 없었다.

  결국 그날은 영웅건을 보존하면서 3조의 영웅건을 빼앗은 2조가 우승했다.

  그리고 그나마 아슬아슬하게 유지되던 제자들의 동료애를 단숨에 뒤엎어 버리는 사건이 벌어졌다.

  2조가 천막 안의 음식을 모두 먹어 버린 것이다. 그 때문에 2위를 한 1조는 물론이고 3조도 굶어야만 했다.

  그들은 깨달았다.

  이제 무조건 우승해야만 굶지 않는다는 것을. 또한, 이제는 동료애고 나발이고 없었다. 같은 조원이 아니면 모두 적이라는 것을 뼈저리게 깨달은 것이다.

  그 뒤의 영웅대전은 전쟁이나 다름없었다.

  각 조들은 오직 우승을 위해 전력을 다해 싸웠다. 그러다 보니 하루가 멀다 하고 부상자들이 생겨났다. 하지만 부상자들도 자신이 빠지면 전력에 공백이 생긴다는 걸 알기에 간단한 치료만 받고 다시 영웅대전에 참여했다.

  그렇다 보니 같은 조원들끼리의 동료애는 생사고락을 함께한 전우처럼 깊었다. 하나, 그에 반해 같은 조원을 제외한 다른 조원들을 향한 적대감은 이루 말할 수조차 없었다.

어떤 날은 상대 조원이 자신을 바라보는 눈빛이 마음에 들지 않는다는 이유로 시비가 벌어졌다. 그 시비는 둘 사이의 고성과 다툼으로 번졌고, 이내 조원들끼리의 싸움으로 이어졌다.

그러다 다른 조원까지 건드리게 되었고, 결국 모두가 싸움을 벌이는 난장판으로 변해 버렸다.

그 후로 제자들은 다른 조원들을 원수처럼 대하게 되었다.

그때부터 각 조원들은 우승을 위해 시간을 쪼개며 무공 수련에 빠져들었다. 잠자는 시간마저 아껴 가며 무공 수련에 열중한 것이다. 자신이 조금이나마 강해야 우승할 가능성이 높아진다는 걸 알고 있었기 때문이다.

그렇게 영웅대전이 시작된 지 한 달이 지나자 제자들의 무공 성취는 눈에 띄게 늘어났다.

"저기야! 잡아!"
"도망치지 못하게 발을 부러뜨려 버려!"
"네놈 발이나 조심해."
"이 쳐 죽일 놈이! 내가 누군지 알아?"
"빌어먹을! 너는 나 알아?"
"죽어!"
"너나 죽어!"
고성과 욕설이 오가며 그야말로 치열한 싸움이 벌어지고

있었다. 60명에 달하는 제자들이 서로 뒤엉켜 난투극을 벌이고 있는 것이다.

나예설과 선옥정은 그 난투극을 제법 떨어진 곳에서 지켜보는 중이었다. 두 사람은 두 눈을 크게 뜨고 있었다.

조운학이 60명에 달하는 제자들을 지도한다는 건 알고 있었다. 그리고 그의 무공 지도가 너무도 혹독하다는 것도 나예설은 알았다.

하지만 제자인 선우궁은 그걸 바라는 듯해서 일부러 이번 수련에 동참하게 하기도 했다.

그 뒤로 나예설은 조운학과 산책을 즐기며 무공 지도에 대해서는 묻지 않았다. 한데, 시간이 지날수록 의문이 생겨났다. 한창 제자들의 무공 지도로 바빠야 할 조운학이 너무도 유유자적한 생활을 하고 있는 것이다.

자신과 산책하는 시간도 늘렸으며 일부러 천강신문을 찾아오는 날도 있었다. 그러고는 심심한지 괜히 천강신문 근처를 돌아다니곤 했다.

그런 조운학의 행동이 한 달간이나 계속되자 나예설은 더 이상 참지 못하고 선옥정과 함께 찾아오게 되었다. 어떤 식으로 무공 지도를 하고 있기에 저토록 여유로운지 궁금했기 때문이다.

나예설과 선옥정은 마침 영웅대전이 시작되는 시간에 맞춰 도착했다.

이윽고 둘은 놀라움을 감출 수가 없었다. 처음에는 제자들끼리 대련을 한다고 생각했는데 그게 아니었던 것이다. 이건 마치 조금이라도 방심하면 목숨을 잃는 치열한 전장을 보는 것만 같았다.
 제자들은 상대를 쓰러뜨리기 위해 그야말로 사력을 다하고 있었다. 목검으로 급소를 노리는 건 예사였고, 뒤에서 공격하거나 흙을 뿌려 상대의 눈을 안 보이게 하는 비겁한 짓도 서슴지 않았다.
 그런 제자들 중에서도 가장 치열하게 싸우는 세 사람이 있었다. 바로 상유란과 서문단려, 그리고 선우궁이었다.
 그들 세 사람의 이마에는 영웅대전의 승패를 좌우할 영웅건이 매어져 있었다. 그걸 빼앗기 위해 많은 제자들이 세 사람을 노렸고, 그만큼 정신없이 움직여야만 했다. 만약 다른 사람이 본다면 세 사람의 목숨을 노린다고 오해할 만큼 처절한 싸움이었다.
 선옥정은 안절부절못했다.
 "사부님, 저러다 큰일 나겠어요."
 "……"
 나예설도 당혹스럽긴 마찬가지였다. 대체 조운학이 어찌했기에 저토록 치열하게 싸운단 말인가. 정말로 같은 화산파의 제자들의 싸움이라고는 믿어지지가 않았다.
 "유란 언니와 단려 언니… 그리고 저기 오빠도 좀 보세요."

영웅대전 중 상유란과 서문단려. 그리고 선우궁의 활약이 단연 돋보였다. 세 사람은 이마에 매고 있는 영웅건을 지키는 한편 덤벼드는 제자들을 한 명씩 쓰러뜨려 갔다.
 그러다 가끔 서로 부딪칠 때가 있었다. 가장 치열한 싸움이 벌어질 때이기도 했다. 서로 간의 무위가 비슷한 세 사람이다 보니 상대를 쓰러뜨리기 위해 정말로 인정사정없이 공격했던 것이다. 너무도 험악한 싸움에 제자들도 감히 접근하지 못했다.
 세 사람은 정말로 생사대적을 만난 듯이 사력을 다했고, 순식간에 온몸이 상처투성이로 변했다.
 "언니들… 오빠……."
 선옥정은 울상을 지었다. 아직 어린 그녀로서는 누구보다 친한 상유란과 서문단려. 그리고 친오빠인 선우궁이 서로를 쓰러뜨리기 위해 저렇게 상처가 나도록 싸우는 게 안타까웠던 것이다.
 나예설은 고운 미간을 살짝 찌푸렸다.
 "옥정아, 돌아가 있으렴. 당장 조 공자께 따져야겠구나."
 그녀는 선옥정의 대답도 기다리지 않은 채 어딘가로 몸을 날렸다.

제3장
거지도 아니고,
그만 좀 받아먹어

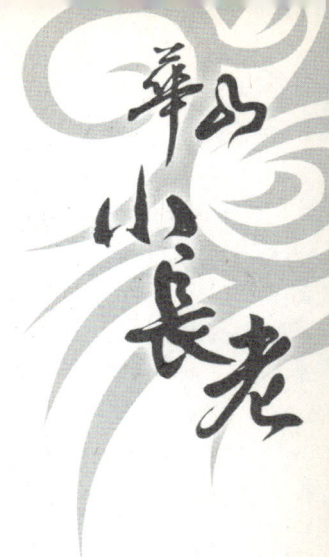

조운학은 나무에 등을 기댄 채 모닥불 위에서 노릇노릇 구워지고 있는 한 마리의 닭을 바라보고 있었다.

"빨리빨리 익어라……."

그는 군침을 삼켰다. 제자들에게 영웅대전이라는 명목으로 수련을 시킨 지 어느덧 한 달이 지났다.

조운학은 석 달간이나 제자들의 무공을 지도하기 싫었다. 무엇보다 귀찮았으며 그저 유유자적 지내고 싶었다.

그래서 생각해 낸 게 제자들이 알아서 수련을 할 수밖에 없는 상황을 만들어 주자는 거였다.

그 때문에 영웅대전을 생각해 냈고, 우승한 팀에게는 먼저 음식을 먹게 해 준 것이다. 물론 그 음식을 60인분 모두 준비하지 않았다. 40인분만 준비한 채 알아서 나눠 먹을 수 있게 만들었다.

조운학은 알고 있었다. 처음에는 음식의 배분이 잘되겠으나 빠른 시간 안에 파탄이 나고 말 것임을. 그는 제자들의 친분을 하찮게 생각하고 있었다.

그럴 수밖에 없는 게 애초에 '예설사랑'이라는, 자신이 도저히 이해하지 못하는 모임의 회원들이지 않은가. 거기에 제자들은 그런 자신들을 자랑스럽게 생각하고 있었다.

조운학으로서는 그런 제자들이 한심스럽기만 했다. 그렇기에 결국은 음식 때문에 제자들이 서로를 적대하게 되리라 확신했던 것이다.

그렇게 되면 영웅대전은 더욱 치열해질 것이고, 무공 수련도 알아서 노력하게 될 게 분명했다. 즉, 자신이 직접 가르치지 않아도 제자들이 자발적으로 무공 수련에 열중하게 되는 것이다.

그야말로 조운학이 바라는 상황이 아닐 수 없었다. 그리고 어제 감시자인 마령에게 보고를 받아 보니 모든 상황이 자신의 의도대로 흘러가고 있다는 걸 알 수 있었다.

그 덕분에 조운학은 유유자적한 생활이 가능해졌다. 하지만 그도 마냥 놀고 있지 만은 않았다. 천황멸진백옥장을 다시 되찾기 위해 노력했던 것이다.

무엇보다 그가 노력을 기울인 건 따로 있었다.

조운학은 요 한 달간 나예설과 하루도 빠짐없이 만나 산책을 함께 했다. 거기에 천강신문으로 직접 찾아가기도 했다.

그리고 천강신문을 찾아갈 때마다 나예설 몰래 그곳을 샅샅이 뒤졌다.

그 이유는 간단했다.

조운학은 아직 자신의 자천감로주를 몰래 훔쳐 먹은 나예설에게 앙심을 품고 있었던 것이다.

그게 어떤 술인가. 자신에게 있어 가장 소중하고, 너무나 아까워 특별한 날에만 조금씩 꺼내 먹는 술이었다.

그런데 그 소중한 술의 대부분을 나예설이 홀라당 마셔 버렸다. 그때의 충격과 분노는 이루 말할 수가 없었다.

오래전 연 사부와 함께 고 사부의 자천감로주를 훔쳐 먹은 적이 있었다. 그때는 왜 그렇게 고 사부가 미친 듯이 분노하는지 이해하지 못했다. 한데, 정작 자신이 당하고 보니 그렇게 고함만 치고 넘어간 고 사부가 신기할 정도였다.

처음에는 너무 화가나 천강신문을 불태워 버릴까 생각할 정도였다. 아니, 만약 천강신문의 비사를 알지 못했으면 정말로 불 질러 버렸을 것이다. 그만큼 조운학이 받은 충격은 컸던 것이다.

그래서 며칠간 도망치는 나예설을 쫓아다녔었다. 결국 그 대가로 그녀가 주는 소중한 보물을 넙죽 받았으나 조운학은 납득할 수가 없었다. 아무리 나예설이 준 보물이 귀중한 거라지만 자천감로주가 사라진 충격을 잊게 만들어 주지는 않았다.

지금도 가끔 잠을 자다가 벌떡 일어서곤 했다.

그래서 조운학은 한 가지 계획을 짜게 되었다. 그건 간단했다. 당한만큼 돌려준다. 눈에는 눈, 이에는 이였다. 그것도 조운학이 많이 양보한 거였다. 만약 나예설에게 보물을 받지 않았다면 당한 것의 몇 배로 앙갚음해 줬을 것이다.

조운학이 계획한 건 천강신문의 재물을 터는 거였다. 천강신문에는 많은 영약과 보물들이 보관되어 있었다. 조운학은 그것을 양심껏 털어 버릴 생각이었던 것이다.

천강신문을 일부러 찾아간 것도 영약과 보물들을 어디 숨겨 놨는지 파악하기 위해서였다.

그런 와중에 알게 된 건 예전에 조운학에게서 한 번 약초실을 털렸기 때문인지 귀한 영약들이 모두 사라졌다는 것이다. 거기에 귀물들은 어디 숨겨 놨는지 도무지 알 수가 없었다. 틀림없이 어딘가 숨겨진 별실이 있을 것이라 짐작하고 주변을 살폈지만 아직까지 흔적조차 발견하지 못했던 것이다.

"아… 약초 생각하니 그게 생각나잖아."

조운학은 문득 천선부에서 몰래 가져온 약초들이 생각났다. 그 약초들을 가져오기 위해 얼마나 고생했던가. 한데, 재수가 없으려니 이상한 일에 휘말려 사라지고 말았다.

"젠장, 그럴 줄 알았으면 그 자리에서 모두 먹어 버리는 건데."

천선부에서 가져온 약초 중에는 정말로 희귀한 영약들도 몇 개 있었다.

그러나 결국 단 한 개도 복용하지 못하고 말았다. 그나마 다행인 건 신성유 가문에서 가져온 황금이었다. 아직까지 금황벌에서 별다른 소식이 없는 걸 보니 지금도 그 황금을 처분하기 위해 동분서주하고 있는 거 같았다.

"어쨌든 지금 중요한 건 나 소저에게 한 방 먹이는 건데 말이야. 아, 타겠다, 타겠어."

조운학은 닭고기를 한 점 들어 후후 불더니 덥석 베어 물었다. 닭 껍질의 바삭함과 달콤한 육즙이 뜨거운 열기와 함께 입안에 가득 찼다.

"좋구나. 자, 어디……."

그는 옆에 놓여 있는 술잔에 술병을 기울였다. 술은 자천감로주였다. 숨겨 놓은 자천감로주는 20병이 넘었으나 이제는 겨우 2병 정도만 남았을 뿐이었다.

그래서 다시 자천감로주를 담그기 위해 재료를 모으고 있었다. 하지만 그 재료라는 게 쉽게 모을 수 있는 게 아니었다. 그럼에도 조운학은 여유로웠다.

"돈이 있는데 뭐가 걱정이야."

금황벌에서 황금을 처분한 돈만 들어온다면 아무리 구하

기 힘든 재료라 할지라도 빠른 시간 안에 손에 넣을 수 있었다.

"예전처럼 죽어라 산속을 헤매 다닐 필요가 없다는 거지."

조운학은 빙그레 웃으며 자천감로주를 들이켰다. 조금은 뜨거운 닭고기와 자천감로주를 함께 먹으니 금상첨화였다.

그렇게 그가 닭고기를 반 정도 뜯어 먹었을 때 한 인영이 나타났다.

"조 공자님."

절로 귀가 시원해지는 청량한 음성과 함께 한 여인이 스르르 모습을 드러냈다. 눈처럼 새하얀 백의 궁장을 걸친 여인이었다. 여인의 살결은 얼음처럼 투명했으며, 얼굴은 시리도록 아름다웠다.

조운학의 눈이 살짝 커졌다. 나예설의 아름다움에 눈이 호강하는 기분이 들었기 때문이다.

'누가 더 예쁜 걸까?'

그의 뇌리에 불현 듯 천선부의 부주인 혁리빙이 떠올랐다. 나예설과 비교하니 딱히 어느 쪽이 더 아름다운지 결단을 내리기가 어려웠다.

'하지만 성격은 연 사부와 비슷했지……'

혁리빙은 아름다운 외모와는 달리 입이 걸걸한 건 물론이고 성격도 저돌적이었다. 지금도 혁리빙과 함께 동시에 떠오르는 건 바로 환혼백초죽이었다.

천선부의 부주만이 어쩌다 가끔씩만 먹는다는 환혼백초죽.

조운학은 그걸 먹고 꼬박 하루를 고생해야만 했다. 그 지독한 맛과 향은 하루 동안이나 지속되었고, 그걸 먹은 뒤에 식욕이 뚝 떨어졌다. 다른 음식을 먹음으로써 환혼백초죽의 맛과 향을 중화시켜야 하는데 도저히 먹을 수가 없었다.

문제는 혁리빙이 자신을 위한다는 명목으로 다음 날에도 환혼백초죽을 직접 가져왔다는 거였다.

조운학은 순간 그런 혁리빙을 한 대 칠 뻔했다. 하지만 일부러 가져온 음식을 거절할 수도 없는 노릇이었다. 어쩔 수 없이 환혼백초죽을 다시 먹어야 했고, 또다시 하루 동안 고통에 잠겨야 했다.

'내 살다 살다 그렇게 맛없는 죽은 처음이었어. 그에 반해 나 소저는……'

산책을 할 때 나예설은 가끔 음식을 준비해 오곤 했었다. 음식 솜씨가 하도 좋아 조운학은 먹을 때마다 감탄했다.

조운학이 이런저런 생각을 할 때 나예설이 바로 지척까지 다가왔다.

"어서 오시오."

"조 공자님."

그런데 나예설은 어딘가 화가 잔뜩 난 표정이었다. 조운학은 고개를 갸웃거리며 물었다.

"왜 그러시오?"
"제자분들이 수련하시는 걸 보셨어요?"
"오, 봤소이까? 어떻소, 대단하지 않소?"
조운학이 뿌듯한 표정을 짓자 나예설은 고개를 저었다.
"저러다 큰일 나겠어요."
"큰일?"
"지금 무공 수련이라기보다 서로를 잡아먹기 위해 안달 난 사람들처럼 싸우고 있어요."
"아, 그게 다 무공 수련이니 걱정하지 마시오."
"하지만 저러다 누구라도 죽으면……."
"그거 아시오?"
"……."
"사람은 의외로 쉽게 죽지 않는다오. 하하."
나예설은 태연하게 웃는 조운학을 황당하다는 눈빛으로 바라봤다. 도대체 저 자신감은 어디에서 오는 것인지 궁금하기까지 했다. 오히려 저렇게 태연한 모습을 보니 자신이 알지 못하는 어떤 계획을 가지고 있는 거 같았다. 그래서 조심스럽게 물었다.
"혹시… 다른 생각이 있으셔서 저런 수련을 시키시는 거예요?"
"다른 생각이라……."
조운학이 언뜻 나예설을 살펴봤다. 그녀의 순진한 눈빛에 어려 있는 자그마한 기대가 엿보였다.
 '다른 생각은 개뿔……. 귀찮아서 그런 거구만…….'
 그러나 이런 생각을 솔직하게 대답했다가는 이대로 넘어가지 않을 것만 같았다.
 조운학은 애써 근엄한 표정을 지으며 말했다.
 "다 노리는 바가 있기 때문에 그런 수련을 시킨 것이오."
 "아……."
 "모든 수련이 끝나면 왜 내가 그런 수련을 시켰는지 알게 될 것이오."
 "역시 그러셨군요."
 나예설은 조운학의 말에 한 치의 의심도 품지 않았다. 하지만 이때 조운학은 말과는 다른 생각을 하고 있었다.
 '석 달만 지나면 내가 알 게 뭐야. 그때 돼서 따지면 계획대로 안 되었다고 발뺌하면 그만이지, 뭐.'
 나예설은 사과했다.
 "죄송해요. 조 공자의 그런 깊은 뜻도 모르고 그만……."
 그녀는 정말로 미안한 듯이 조운학과 제대로 눈을 마주치지 못했다. 그런 나예설의 행동에 조운학은 양심을 가책을 느끼기는커녕 오히려 실망했다는 표정을 지었다.
 "나 소저가 나를 믿지 못하고 있었다니……."
 "아, 아니에요. 믿어요……."
 "정말이오?"

"예."

"하하, 그럼 됐소이다. 그보다 앉으시오."

나예설은 모닥불을 사이에 두고 아무렇게나 걸터앉았다. 조운학은 닭고기를 찢어서 건넸다.

"드시오."

"……."

"내가 특별히 요리한 거니 맛있을 거요."

"잘 먹을게요."

나예설은 닭고기를 받아 한 점 베어 물었다. 이어 그녀의 눈이 살짝 커졌다.

"맛있어요."

"내가 또 한 요리 한다오."

조운학은 곰방대를 꺼내어 열화석으로 불을 붙인 뒤 넌지시 물었다.

"그런데… 한 가지 궁금한 게 있는데 말이오?"

"말씀하세요."

"천강신문에는 아직 문도가 세 사람에 불과하지 않소이까. 그리고 이번에 세상 밖으로 나가게 되면 지키는 이도 없이 텅 비어 버리게 될 것이오. 만약 도둑이 들기라도 한다면 큰일이 아니오."

"후후, 마림평까지 도둑이 들어올까요?"

"세상일이란 한 치 앞도 모르는 것이오. 이 내가 마림평으로 들어가 나 소저와 연이 닿을 줄 어찌 알았겠소."

"그렇게 말씀하시니 또 그렇긴 해요. 하지만 걱정 마세요. 금아는 사람 눈에 띄지 않게 따라오겠지만 청삼이는 남아서 본 문을 지킬 거예요."

조운학은 입 밖으로 한 차례 연기를 뿜었다.

"그런 똥개가 집을 잘 지키겠소?"

"청삼이를 똥개라고 부르는 사람은 조 공자밖에 없어요. 그래도 마림평에서는 손에 꼽히는 영물이라고요."

"뭐, 나 소저가 그토록 자신만만하니 더 이상 신경 쓰지 않겠소이다."

이렇게까지 말하니 나예설은 왠지 미안한 감정이 들었다. 그래도 자신을 걱정해서 하는 말이지 않은가. 그녀는 닭고기를 내려놓으며 말했다.

"너무 걱정하지 마세요. 설사 본 문에 침입자가 들어와 청삼이를 물리친다 해도 아무것도 가져가지 못할 거예요."

그 순간 조운학의 입가에 한 줄기 회심의 미소가 그려졌다. 하나, 그건 언제 그랬냐는 듯이 순식간에 사라졌고, 그는 정말로 궁금하다는 듯이 물었다.

"그게 무슨……?"

"소중한 귀물들과 영약들은 모두 비밀 석실에 보관되어 있어요."

조운학의 눈빛이 초롱초롱 빛났다.

"비밀 석실? 천강신문 내에 있는 것이오?"

"예. 그리고 설사 그곳을 발견한다 할지라도 기관진식이 설치되어 있어 결코 뚫지 못할 거예요."

"호오, 그 정도로 대단한 기관진식이오?"

"본 문의 기인 중 한 분이 설치하셨다고 해요. 적어도 절대지경에 오른 무인만이 돌파할 수 있을 거라 말씀하셨어요."

"그렇구려."

"절대지경에 오른 고수가 일부러 마림평으로 들어가 본 문의 재물을 노릴 리가 없으니 안심하셔도 돼요."

나예설은 자신이 말한 조건에 딱 맞는 사람이 현재 천강신문의 보물을 노리고 있음을 전혀 알아차리지 못했다. 더욱이 그것이 바로 눈앞에 있는 사람이라는 것을 말이다.

그녀는 그저 이런 걱정을 해 주는 조운학이 고맙기만 했다.

"하하, 정말로 안심이 되오."

조운학은 겉으로는 웃으면서도 내심 분통을 터뜨렸다.

'이런 젠장! 기관진식이라니. 기관진식이라니!'

그는 일부러 나예설을 살살 구슬려 영약과 보물을 숨긴 곳이 어딘지 알아내려고 했다. 다행히 순진한 나예설은 별다른 의심 없이 알려 줬다. 비밀 석실 같은 곳에 숨겼을 거라는 건 짐작하고 있었으나 설마 기관진식까지 설치되어 있을 줄은 몰랐다.

'이렇게 되면 세상 밖으로 나가기 전에 천강신문의 보물을 훔치는 건 불가능하잖아……'

조운학은 지금까지의 노력이 허사로 돌아가는 걸 느꼈다. 하지만 이대로 포기할 수 없었다.

'반드시 기회가 있을 거야. 아니, 내가 만들어 내면 돼. 나 소저가 세상 밖으로 나가기 전에 훔치지 못한다면 세상 밖으로 나간 뒤에 훔치면……. 그런데 함께 가야 하잖아. 으음…….'

그는 연신 곰방대를 뻐끔거리며 인상을 찌푸렸다. 나예설은 그런 조운학을 바라보며 고개를 갸웃거리더니 닭고기를 오물거리며 먹었다. 그러다 문득 그녀의 시선이 옆으로 향했다. 그곳에는 자천감로주가 담긴 술병이 놓여 있었다.

조운학은 그런 나예설의 시선을 재치 있게 알아차리고는 재빨리 술병을 등 뒤로 옮겼다. 절대 줄 수 없다는 무언의 표현이었다.

나예설은 안타까웠으나 금세 깨끗하게 포기했다. 조운학이 없을 때 몰래 훔쳐 먹은 게 아직도 마음에 걸렸는데 그나마 남은 자천감로주를 달라고 할 수는 없었다.

나예설은 잠시 침묵하다 천천히 입을 열었다.

"조 공자, 곧 세상 밖으로 나가잖아요."

"그렇소."

"세상 밖은 어떤가요?"

"세상 밖이라……. 이것 하나만큼은 자신할 수 있소."

"……."

"밖으로 나가 봤자 고생만 실컷 할 것이고, 결국은 집이 최고라는 걸 알게 될 것이오."

나예설은 맑게 웃었다.

"풋, 조 공자는 정말로 집을 떠나기 싫으신가 봐요?"

"밖으로 나가면 말이오, 끊임없이 고민하고, 끊임없이 선택하고, 끊임없이 애쓰고, 끊임없이 움직여야만 한다오. 집에 있으면 그런 걱정을 하지 않아도 되니 얼마나 좋소. 나 소저, 사람을 죽여 본 적이 있소?"

"아뇨."

"말썽꾸러기 두 제자들에게도 한 말이지만… 세상 밖으로 나가 무림인으로서 살아가야 한다면 자신의 목숨을 노리는 적이 생기게 될 것이오. 그리고 눈앞에 무찔러야 할 적이 존재할 경우 사람이 사람을 죽이는 게 옳은지 그른지 하는 판단을 하면 안 되오. 그저 죽이지 않으면 자신이 죽으니까 어쩔 수 없는 일이라고 생각하면 그만이라오. 그걸 계속 꾸물꾸물 고민하고 생각해 봤자 답은 없다오. 그러니 아무것도 생각하지 않는 게 좋소이다."

조운학은 천천히 다음 말을 이었다.

"무인이라면, 자신의 정의를 관철시키고자 한다면, 그리고 하고자 하는 일을 이루자면 다른 사람을 죽여야 하는 일이 반드시 있을 것이오. 그냥 무찌르면 된다고? 도망가면 된다고? 죽지 않으려면 죽여야 하는 거고, 살아남고 싶다면 배로 기어서라도 앞으로 나아가지 않으면 안 되는 것이라오. 자기를 죽이려고 달려드는 놈은 웃으며 죽여 버려도 상관없는 거라오. 무인들이란 그런 것이고, 강호라는 세계도 그런 곳이오. 그런 세계가 수백 년 동안 지속되었고, 무인들은 그렇게 살아왔단 말이오. 이해하겠소?"

"……."

나예설은 선뜻 대답하지 못했다. 틀린 말이 아니었다. 또한 조운학이 자신을 위해 그런다는 것도 알고 있었다. 그럼에도 선뜻 대답하지 못하는 건 아직 경험해 보지 않았기 때문이다. 정말로 그런 상황이 다가온다면 자신이 어찌할지 확신을 내릴 수 없기에 대답을 주저하게 된 것이다.

조운학은 그런 나예설의 심정을 꿰뚫어 봤다.

"억지로 납득할 필요 없소. 하나 그렇다고 옆으로 팽개쳐도 안 된다오. 깊이 고민하고 또 고민하시오. 그럼 언젠가는 알게 될 것이오. 하지만 이것 하나는 명심하는 게 좋을 것이오. 시간은 뒤로 흐르지 않는다오. 나중에 나 소저의 의지로 스스로가 다치고 죽는다면 그걸로 끝이라오. 하지만 만약 소중한 사람이 다치거나 죽는다면, 그땐 후회해도 이미 늦은 거란 말이오. 너무나 슬퍼서 심장을 도려내는 고통에 몸부림쳐도, 그때 깨닫지 못한 자신에 대해 아무리 저주하고 자학해도 소용없는 것이오."
 "조 공자는… 그런 상황을 겪어 보셨나요?"
 "그건… 비밀이라오."
 조운학은 입가에 묘한 미소를 머금은 채 곰방대의 재를 털었다. 나예설은 왠지 그 미소가 슬퍼 보여 더 이상 물을 수가 없었다. 그녀는 담담하게 입을 열었다.
 "천강신문이 무너지고 황 할아버지만 제 곁에 남았을 때 참으로 힘들었어요. 꾹꾹 눌러 가며 살았는데 견딘다고 되는 게 아니었고, 울지 않고 독하게 지냈는데 참는다고 강해지는 게 아니었어요. 그래서 누군가에게 기대지 않고 혼자 감당하고 싶은데 너무 벅찬 거예요."
 "……."
 "하지만 한 문파의 문주로서 늘 제 스스로를 이렇게 다독였어요. 절망하지 말라고요. 설혹 지금의 형편이 절망하지 않을 수 없더라도, 그래도 절망하지 말라고요. 이미 모든 게 끝이 난 듯싶어도 절망하지 않는다면 언젠가는 암흑을 밝혀 줄 한 줄기 빛이 내리쬘 거라고 믿었어요. 최후에 모든 것이 정말로 끝났을 때는 절망할 여유도 없으리라고 말이에요."
 "그래서 그 빛이 내리쬐었소?"
 나예설은 고개를 저었다.
 "아뇨. 절망하지 않는다는 마음가짐과 또 한 가지가 더 필요했어요. 그건 포기하지 않고 노력하는 거예요. 빛은 가만히 있는다고 내리쬐는 게 아니에요. 어떻게든 암흑을 벌려 빛이 들어오게 만들어야 하는 거죠. 가만히 있는다고 바뀌는 것은 아무것도 없어요. 하지만 노력한다면 무언가는 바뀔 수 있어요. 삶은 언제나 예측불허이며, 그리하여 생은 그 의미를 얻는다는 걸 알았어요. 노력한다고 항상 원하는 걸 이룰 수는 없겠지요. 하지만 이건 자신할 수 있어요. 원하는 걸 이룬 사람은 모두 노력했다는 것을요."

"노력이라……."

조운학은 조용히 나예설을 직시했다.

멸문해 버린 문파에 홀로 남겨진 여인. 이 여인은 삶이 막막함으로 다가와 주체할 수 없이 울적할 때에도 노력했으며, 세상의 중심에서 밀려나 구석에 서 있는 것 같은 느낌이 들 때에도 노력했다. 또한, 자신의 존재가 한낱 가랑잎처럼 힘없이 흔들릴 때에도 노력을 포기하지 않았을 것이다.

그리고 그 모든 것들이 결국 거름이 되어 지금 화사한 꽃밭을 일구어 내고 있었다. 지금은 그 꽃밭에 작은 두 송이의 꽃봉오리가 피었지만 조운학은 알 수 있었다. 훗날, 그 꽃밭에는 수많은 꽃들이 만개하리라는 것을.

그 중심에서 나예설이 환한 웃음을 짓고 있는 모습이 환상처럼 보이는 듯했다.

조운학은 자신도 모르게 읊조렸다.

"참으로 아름답구나……."

"예?"

나예설은 의아한 듯이 반문했지만 얼굴 표정은 능금처럼 붉게 변해 있었다. 조운학의 저 말이 자신을 향한 거 같았다. 그건 참으로 달콤한 말이었다.

그녀는 빙그레 웃으며 말했다.

"어쨌든 세상 밖으로 나가면 지금의 제 생각과는 많이 다르리라고 각오하고 있어요. 흐린 날의 하늘처럼 개운치 못한 눈을 비비고 비 온 날의 진흙탕 같은 질퍽이는 길을 가야 할 날도 있을 거예요. 가다가 웅덩이에 한 발이 빠질 수도 있고, 지나가다가 느닷없이 물을 뒤집어쓸 수도 있겠죠. 하지만 그렇다고 하늘을 가릴 수도 없고 길을 없앨 수도 없는 노릇이잖아요. 다만, 잠시 쉬어 가거나 잠깐 돌아갈 수는 있지 않을까요?"

"……"

"삶이 언제나 맑은 날처럼 즐거울 수만은 없으니까요. 때로는 슬픔도 준비하고, 혹은 아픔도 준비하고 살아가야 해요."

"괜한 기우였구려."

조운학은 나예설이 태어나 처음으로 세상 밖으로 나가는 것이기에 조언을 했다. 하지만 이미 그녀는 준비되어 있다는 걸 알 수 있었다. 생각해 보면 당연했다.

나예설은 어릴 적부터 몰락해 가는 한 문파의 장문인이었다.

조금이라도 방심하면 목숨을 잃어버리는 극한의 상황에서 약함보단 강함을 선택해야 했고, 보호받기보다 자신을 지켜야만 했다. 자신의 미래를, 스스로의 의지로 버거워 오는 세상을 온몸으로 버티며 이겨 내야 했던 것이다.

그렇기에 조운학은 고개를 끄덕이며 화제를 돌렸다.

"다른 궁금한 건 없소이까?"

"있어요."

"무엇이오?"

"세상 밖으로 나가도 결국 스스로를 지키는 건 지닌바 무(武)라고 생각해요. 그 무에 대한 조언을 부탁드려요."

그 질문에 조운학은 뜻밖이라는 표정을 지으며 말했다.

"고요한 흰 구름은 허공에 일었다 사라지고, 잔잔히 흐르는 물은 큰 바다 복판으로 든다오. 그리고 물은 굽거나 곧은 곳을 만나도 언짢아하거나 좋아하지 않고, 구름은 스스로 감았다 스스로 풀려 친하거나 서먹하지 않소이다. 즉, 모든 것은 본래 고요해 나는 푸르다, 누르다고 말하지 않는데, 그저 제가 시끄러이 이것이 좋고, 저것이 나쁘다는 마음을 내는 거라오. 즉, 잡으려고 한다면 오히려 멀어지는 게 무라는 것이오."

"……."

"경계에 부딪쳐도 마음이 구름이나 물의 뜻과 같으면 모든 것이 자유로워 끊임이 없는 거라오. 하나, 너무 조급함을 가지면 경계만 버리려 하면서 마음은 버리지 않게 되는 거요. 마음을 버리면 경계는 저절로 고요해지고, 이리되면 마음을 저절로 움직이지 않게 되니 평소에는 보이지 않던 것들을 볼 수 있소이다. 즉, 자그마한 것을 보고 훗날 큰 것을 바라는 것보다, 먼저 큰 것을 보고 자그마한 것을 하나씩 해 나가야 하는 거라오."

나예설은 고개를 갸웃거렸다.

"결국은 노력하란 말을 왜 그렇게 어렵게 하세요?"

'어라?'

조운학은 당황했다. 방금 전의 이 말은 예전에 천선부의 부주였던 혁리빙에게 해 줬던 조언이었다. 이리저리 주워들은 걸로 짜깁기한 것에 불과하나 듣기에 따라 심오한 말이기도 했다. 한데, 이 말로 인해 혁리빙은 깨달음을 얻었지 않은가.

그래서 나예설도 도움이 되지 않을까 해서 말했는데 오히려 자신을 이상하다는 듯이 바라보고 있었다.

조운학은 애써 태연한 표정으로 말을 이었다.

"무공을 수련하는 건 물에 뜨는 것과 비슷하다오. 아무도 처음부터 저절로 물에 뜰 수는 없단 말이오. 우선 헤엄치는 법을 배우지 않으면 안 되오. 갑자기 바다에 들어가서는 안 되는 거라오. 그런 짓을 하면 익사해 버릴 테니까 말이오. 그러니 처음부터 차분히 헤엄치는 법을 배워야 하는 거라오. 그리고 그 배움이 완벽해졌을 때에는 더 이상 헤엄칠 필요가 없소이다. 단지 바다 위에 떠 있으면 되는 거라오. 당연하다는 듯이 말이오. 그건 더 이상 바다라는 존재가 나 소저를 빠뜨릴 수 없다는 걸 뜻한다오. 이제 적이 아니라는 것이오. 그때면 바다와 자신은 따로따로 존재하지 않게 되오. 바다의 일부분이 되는 것이오. 바다의 물결 중 하나인 거라오."

"……."

"대가 없이는 얻어지지 않고, 노력 없이는 성공이 오지 않는 것이 만고의 진리라오. 앞으로 나 소저가 어떻게 노력하는가에 따라 그 시기를 앞당길 수 있는 것이오. 여러 가지의 자물쇠를 열려면 여러 가지의 열쇠가 필요한 것같이 백천삼매(百千三昧)의 무량묘리(無量妙理)를 해득(解得)하려면 백만, 천만에 달하는 지혜의 열쇠를 얻어야 하는 거라오."

"그건……."

나예설이 무슨 말을 하려고 했지만 조운학이 잘라 버렸다.

"물론 이게 정답이라고 볼 수는 없소이다. 나 소저가 원하는 답은 앞으로의 움직임에 따라 달라질 것이오. 내가 조금 전에 드린 말은 그저 자그마한 씨앗을 발견하는 것과 마찬가지란 말이오. 그걸 어떻게 해서 꽃을 피우느냐는 문주의 책임인 거요. 그리고 절대적인 것은 없소이다. 나의 답과는 다른 나 소저만의 답이 있을 거요. 그러니 내 말을 그저 참고하는 정도로 생각하시오."

"……."

나예설은 이런 조운학의 조언에 곰곰이 생각하는가 싶더니 이해할 수 없다는 듯이 말했다.

"결국은 알아서 노력하라는 말이잖아요."

"……."

조운학은 이게 아닌데, 라는 듯한 표정을 지었다. 자신의 조언을 이토록 꿰뚫어 보는 사람은 처음이었다. 더욱이 나예설의 말이 틀린 것도 아니라 뭐라 반박할 수도 없었다.

그렇다. 이런저런 번지르르한 말이지만 결국은 노력하면 이루어진다는 간단한 뜻이었던 것이다.

'그 여자가 이상한 건가…….'

조운학은 혁리빙을 떠올렸다. 이런 자신의 말에 깨달음을 얻은 그녀가 왠지 신기하게 느껴졌다.

'아니, 너무 단순해서 그런 것일 수도 있어.'

나예설이 물었다.

"그게 끝인가요?"

"그, 그렇소이다."

조운학은 머쓱한 표정을 지었다. 사실 자신의 이 말에 나예설이 조금이나마 얻는 게 있으리라 생각했다.

그래서 곧 그녀가 자신에게 감사의 인사를 하리라 확신했고, 그때가 오면 겸허히 사양해 멋진 모습을 보여야지 하고 생각했던 것이다. 하지만 나예설은 오히려 실망했다는 표정을 짓고 있었다.

'너무 똑똑하잖아.'

조운학은 새삼 나예설의 머리가 보통이 아니라는 걸 깨달았다. 그때 나예설이 갑자기 허리띠에서 검을 뽑았다. 챙! 하는 맑은 소리와 함께 새하얀 검신이 모습을 드러냈다. 천강신문의 보물 중 하나인 표풍신검이었다.

표풍신검은 한 가지 특이한 묘용을 지니고 있었다. 내공을 주입하면 날카로운 보검으로 변하나, 그렇지 않으면 갈대처럼 휘어지는 연검의 성질을 지니고 있는 것이다. 거기에 검집마저 허리띠처럼 허리에 찰 수 있었다.

"지금의 제 성취를 보여 드릴게요. 예전에 조 공자 덕분에 조화십이검결(造化十二劍抉)에 큰 깨달음을 얻을 수 있었어요. 이 무공은 본 문의 무극심검결(無極心劍訣)을 바탕으로 하고 있어요. 보세요."

검신을 눈앞에 두고 나예설은 눈을 감았다. 그녀는 잠시 그렇게 고요히 서 있었다. 그 모습이 너무나 아름답고 경건해 조운학은 눈을 떼지 못했다.

문득 나예설의 검이 움직였다. 아니, 아무렇지도 않게 검을 허공에 한 차례 베는 것에 불과했다.

하지만 그것은 시작일 뿐이었다. 시리도록 맑은 백광들 사이로 마치 한 마리 나비가 꽃밭 위를 노닐듯 나풀나풀 춤을

추고 있었다.

 그녀는 마치 전신이 깃털로 변한 것처럼 어쩌다 지면에 두어 번 발을 디딜 뿐, 허공을 날아다니는 듯했다. 그리고 그 춤추며 휘두르는 검에서는 보기만 해도 베일 것 같은 시린 백광이 줄기줄기 뻗쳐 나왔다.

 그러던 어느 순간 나예설의 검무가 거짓말처럼 정지하더니, 자연스럽게 두 다리를 가볍게 벌리고 검을 고요히 세웠다. 그리고 그 자세에서 부드럽게 움직이더니 이번에는 편안하게 검을 늘어뜨렸다.

 그렇게 나예설은 기수식이라고 생각되는 동작을 한 번씩 취하기 시작했다.

 무극심검결의 초식이었다.

 이윽고 그녀의 입이 열렸다.

 "검과 마음은 결국 하나일 뿐, 거기에 다른 어떤 법도 없다. 이 검은 본래로부터 생기거나 없어진 적이 없으며, 푸르거나 누렇지도 않다. 정해진 틀이나 모양도 없으며, 있고 없음에 속하지도 않고, 새롭거나 낡음을 따질 수도 없다. 또한 길거나 짧지도 않고, 크거나 작지도 않다. 그것은 모든 한계를 넘어 바로 그 검 그대로일 뿐이다. 그러므로 생각을 움직였다 하면 곧 어긋나 버린다. 이 검은 마치 허공과 같아서 끝이 없으며 재어 볼 수도 없다. 이 한마음 그대로가 검일 뿐이니, 새삼스레 구분 지을 필요가 없지 않은가."

나예설의 검이 허공을 수놓고 한 개의 검형이 생성되었다.
"검이란 마음속에 있는 것. 다만, 모양에 집착하여 밖에서 구하면 구할수록 점점 더 잃는 것이다. 검을 떠올리며 마음으로 붙잡는다면, 겁(劫)이 지나고 몸이 다하더라도 뜻대로 움직일 수 있는 것이다. 마음을 쉬고 생각을 잊어버리자. 이 마음 그대로가 검이고 검이다. 이 마음이 곧 검이니 다시 다른 마음이 없으며, 또한 다른 어떤 마음도 없다. 이 마음은 허공같이 밝고 깨끗하여 어떤 모습도 하고 있지 않다."
 그것은 시작에 불과했다. 한 개의 검형은 이내 2개로 늘어나는가 싶더니 금세 4개나 만들어졌다.
"마음을 일으켜 생각을 움직이면 법의 몸(法體)과 어긋나는 동시에 모양에 집착하게 된다. 한마음 깨치면 다시 더 작은 법도 얻을 것이 없으니, 이것이야말로 참된 검이다. 마음과 검은 한마음으로 다름없음이 허공과 같아서 그것에는 잡됨도 무너짐도 없고, 온 누리를 비추는 햇살과도 같다. 해가 떠올라 온 천하가 두루 밝아질 때라도 허공은 한 번도 밝은 적이 없으며, 해가 져서 어둠이 온 천하를 덮을지라도 허공은 어두웠던 적이 없다. 이렇게 밝고 어두운 경계가 서로 번갈아 바뀐다 해도 허공의 성품은 툭 트여 변하지 않는 것이니, 마음과 검도 꼭 이와 같다. 조용히 검을 관(觀)하면서 깨끗하고 밝으며 속박을 버린다. 오직 이 한마음일 뿐, 거기에 티끌만큼의 어떤 법도 있을 수 없으니, 이 마음 그대로가 곧

검이로구나."

 '저 말은…….'

 조운학은 지금 나예설이 읊조리는 말이 자신이 언젠가 그녀의 검무를 보고 감탄해 내뱉은 말이라는 걸 알 수 있었다. 그때의 말로 나예설이 하나의 깨달음을 얻어 그가 크게 놀라지 않았던가.

 '그런데 그때의 말과는 비슷하면서도 조금 다르군.'

 특히, 마지막의 말은 자신도 처음 듣는 구절이 많았다. 그 중에 마음에 와 닿는 구절이 있었다.

'조용히 검을 관하면서 깨끗하고 밝으며 속박을 버린다.'

 '속박… 속박이라……. 천황멸진백옥장을 계속 완성시키지 못하는 건 내가 기운을 속박하려고만 하기 때문일까.'

 조운학이 지닌 기운에는 그에 맞는 특징이 있다. 사람으로 비교하자면 현현진결은 많은 세월 동안 수많은 고난을 헤쳐 나온 노인과도 같았다.

 그에 반해 천황기는 담담하게 세상의 모든 것을 받아들이는 스님을 연상케 했다. 멸진백옥장은 자존심이 하늘을 찌르는 여인을 보는 듯했으며 천룡지기는 아직 철없는 어린아이에 불과했다.

 조운학은 지금까지 이런 기운들을 억지로 통제하기만 했

었다.

'이것들을 자유롭게 놓아준다면 어떨까? 아냐. 아무리 영성이 깃들어 있다 해도 하나의 힘에 불과해. 더욱이 통제를 하고도 이 정도야. 자유롭게 내버려 뒀다가 또 어떤 봉변을 당하려고.'

그가 설레설레 고개를 저을 때 나예설의 두 눈이 스르르 떠졌다. 그리고 참으로 맑고 고운 눈빛으로 주위를 둘러보았다. 어느덧 생성된 6개의 검형이 그녀를 보호하듯이 허공을 메우고 있었다.

무극심검결의 정화인 검형. 6개의 검형은 무극심검결의 성취가 6성에 올라 있다는 걸 의미했다.

무극심검결이 8성에 오르면 12개의 검형을 생성할 수 있었고, 이걸 자유자재로 움직이는 게 가능했다. 만약 대성하면 검형의 수를 지닌바 능력에 따라 무한대로 생성시킬 수가 있었다.

이기어검을 펼쳐 움직일 수 있는 검은 한 개에 불과했다. 하지만 무극심검결은 8성만 성취해도 12개나 되는 검형을 움직일 수 있는, 그야말로 불가해한 무공인 것이다.

나예설은 조화십이검결을 창안했으나 결국은 무극심검결에서 파생된 것에 불과했다.

천강신문은 저 전설의 초인들이라는 십천좌 중 3명이 만든 문파였다. 그 뒤로 수백 년간 내려온 정화가 모여 완성된 무공 중 하나가 바로 무극심검결이었다.

 무극심검결은 경이할 만큼의 위력을 보여 주기는 하지만 그만큼 난해하기 이를 데 없었다.

 천강신문의 기인들뿐만이 아니라 신화경에 오른 초인들도 대성한 이가 전무했다.

 그나마 천강신문의 역사상 손에 꼽히는 천재인 나예설이기에 6성까지 터득할 수 있었던 것이다.

 이런 무극심검결에 천강신문의 문주만이 익힐 수 있는 태극천단신공(太極天壇神功)이 어우러지고 녹옥쌍두사의 내단을 복용함으로서 생긴 미증유의 힘이 합쳐지니 그녀의 무위는 절대지경에 버금간다고 해도 무방했다.

 하지만 그런 나예설도 지금 무극심검결이 6성에서 더 이상 진전을 보지 못하고 있었다.

 6성의 벽을 깨기 위해 온갖 노력을 다했지만 7성이라는 경지는 잡힐 듯하면서도 계속 손가락 사이로 빠져나갔다. 그녀는 세상 밖으로 나가기 전에 어떻게든 7성의 경지에 오르고 싶었다.

 그래서 조운학에게 솔직하게 조언을 구하기 위해 직접 무극심검결을 펼쳐 보인 것이다.

 나예설을 중심으로 마치 살아 있는 듯이 움직이더니, 일제히 바위를 향해 덮쳐들었다. 집채만 하던 거대한 바위는 검형들로 인해 종잇장처럼 갈가리 찢겨져 나가더니, 순식간에 작은 돌 부스러기로 변해 버렸다. 그와 동시에 6개의 검형도 사라졌다.

나예설의 표정도 창백하기 이를 데 없었다. 그녀는 거친 숨을 몰아쉬며 그 자리에 털썩 주저앉았다.

태극천단신공을 일으켜 들끓는 내부를 진정시켰다. 거대한 바다와도 같았던 힘이 무극심검결을 펼치는 데 모두 소진되었다. 다시 빠르게 차올랐지만 6개의 검형을 유지하는 것만 해도 막대한 내공을 필요로 하고 있었다. 더욱이 무극심검결을 대성하면 지금과는 비교도 안 되는 수의 검형을 움직일 수 있다. 그 경지까지 도달하려면 대체 어느 정도의 내공과 깨달음이 필요한지 까마득하기만 했다.

나예설은 호흡을 가다듬은 뒤 말했다.

"조 공자님, 물어도 될까요?"

"말하시오."

조운학은 이런 문답이 자신에게도 큰 도움이 되는 걸 알기에 수락했다. 문답을 하는 과정에서 천황멸진백옥장을 다시 펼칠 수 있는 해결책이 나오기라도 한다면 금상첨화였다.

나예설은 먼저 하나의 구결을 말했다.

**높은 멧부리 빼어나게 솟았으니
나는 학은 멈출 곳을 모르고,
신령한 고목 먼 곳에 우뚝하니**

봉황새도 기댈 곳 없구나!

'이게 대체 뭔 소리야?'

조운학은 멍한 표정을 지었다. 이게 시구지, 무슨 무공의 구결이란 말인가.

나예설이 입을 열었다.

"여기서 높은 멧부리 신령한 고목은 엄청 깊숙한 경지로 무미건조하다는 의미가 아니고, 머물 곳도 기댈 곳도 없다 함은 너무나 생생하여 죽은 갈단 같은 경지를 가리키는 것이 아님을 알아야 해요. 즉, 참구하여 깊숙한 곳에 이르지 못한다면 이치를 깨닫는 심오한 경지를 모르고, 만일 활발한 경지에 이르지 못하면 기연(機緣)을 굴리는 묘리(妙理)를 알지 못하게 되는 거예요. 즉, 학이나 봉황새나 한쪽 구석에만 머물러 있으면 안 된다는 거예요. 이걸 무리에 비유하자면 우선 검을 청청하고 날카로운 상태로 만들라는 뜻이에요."

"……."

"검을 일으키면 햇빛이나 등불 그림자 속에 있는 듯 담담한 경계에 빠질 때가 있어요. 거기에 모든 걸 놓아 버리면 맑은 물, 영롱한 구슬이나 맑은 바람 밝은 달과 같은 경계에 들어가게 되는 거죠. 하나, 그렇다고 해서 맑은 물이나 영롱한 구슬, 맑은 바람이나 밝은 달 같은 경계에 녹아들었다고 볼 수는 없어요. 그럼 어떻게 해야 할까요?"

"에… 엥?"

조운학은 황당함을 감출 수가 없었다. 조금 전에 나예설이 무슨 말을 한 거 같은데 단 한 마디도 알아들을 수가 없었다.

'학이 어쩌고 봉황새가 어쩌고……. 맑은 물이나 영롱한 구슬은 또 뭐야?'

조운학은 머리가 지끈거리며 아파 왔다. 시선을 앞에 두니 나예설이 기대 어린 표정으로 마주 보고 있었다. 그러자 머리의 아픔이 더욱 커져 아찔할 정도였다.

'무슨 말인지 하나도 모르겠는데… 그냥 전혀 모르겠다고 말할까?'

그는 지금의 생각이 목구멍까지 치고 올라왔지만 다시 꾸역꾸역 집어삼켰다.

'그래도 사내로서 체면이 있지…….'

조운학은 신음하듯이 말했다.

"참으로 심오한 말이구려……."

"저도 그렇게 생각해요."

"……."

"……."

조운학은 한 차례 헛기침을 내뱉었다.

"어흠, 조금 전에 말했듯이 모든 일에 딱 들어맞는 정답은 없소이다. 나 소저가 말한 구결에 나는 하나의 정답이 떠올랐소. 하지만 그 정답이 아직 나 소저에게는 도움이 되지 않는다오. 그래서 알려 줄 수가 없소이다."

"아… 그렇군요."

나예설은 이번에도 한 치의 의심도 품지 않았다.

"나는 나 소저를 믿소이다. 틀림없이 나의 답과는 다른 나 소저만의 답을 곧 찾을 수 있을 것이오."

"아……."

자신을 믿는다는 조운학의 말에 나예설의 두 눈동자가 별빛처럼 빛났다. 이런 그녀의 맹목적인 믿음에 조운학은 당황했으나 금세 언제 그랬냐는 듯이 태연한 표정을 지었다.

"더 궁금한 건 없으시오?"

나예설은 조금 생각하다가 물었다.

"조 공자님은 어떤 단초를 계기로 절대지경에 발을 내디디실 수 있으셨나요?"

"어떤 단초라……."

조운학은 선뜻 대답할 수가 없었다. 그의 뇌리에 아련한 기억 한 개가 떠올랐다.

새하얀 연기가 허공을 수놓았다.

"역시 이 맛이야."

조운학은 분뇨 냄새로 가득한 뒷간에서 허연 엉덩이를 드러낸 채 앉아 곰방대를 뻐끔거리고 있었다. 예전 같으면 아무 데서나 곰방대를 피워 댔을 것이다. 하지만 사부들이 절대지경에 오르지 못하는 건 연초에 중독되었기 때문이라며 온갖 구박을 해, 어쩔 수 없이 뒷간에서 볼일을 볼 때나 몰래 피웠던 것이다.

그러나 혹시나 연초를 피우고 있다는 걸 들키지 않을까 하는 긴장감이 연초를 더욱 맛나게 했다.

조운학의 인상이 살짝 일그러졌다. 이어 엉덩이 부근에서 쾌변이 시작되자 다시 그의 인상은 활짝 펴졌다.

"아……."

조운학은 쾌변의 즐거움을 느끼며 다시 한 번 곰방대를 뻐끔거렸다. 그는 이 순간이 너무 행복했다. 사부들에게 죽을 둥 살 둥 시달리다 보니 이런 평화가 너무 즐거웠던 것이다.

"그래… 인생 뭐 있어. 그깟 절대지경에 오르지 못하면 또 어때. 맛있게 먹고, 이렇게 싸고, 여유롭게 곰방대를 피우고, 이런 게 바로 인생이잖아."

조운학은 순간 가슴속에 맺혀 있던 무언가가 거짓말처럼 사라지는 것을 느꼈다.

그와 동시에 불현듯 떠오르는 게 있었다. 아무것도 아니지만 모든 것이 나이고, 아무것도 없지만 모든 것을 나타나게 해 준 근원.

그 또한 지금 자신이 느끼는 감정과 다르지 않았다. 그림자가 있다는 사실은 해가 있기 때문에 아는 것이다. 그건, 즉 나라는 존재를 떠나서 근원이란 없을 수 없고, 근원이라는 게 있기에 나라는 존재가 현존하는 것이다.

그렇다.

단지 그뿐이었다.

순간 조운학이 늘 찾고자 했던 마지막 파편이 제자리를 찾았다.

번쩍!

눈이 부실 정도의 섬광이 조운학의 몸에서 터져 나왔다.

콰앙!

뒷간의 건물이 조운학의 전신에서 뿜어져 나온 기의 폭풍에 휩쓸려 날아가 버렸다. 비록 완벽하지 않지만 절대지경에 발을 내디디는 순간이었다.

'하필이면 뒷간에서 깨달음이 찾아올 건 또 뭐람……'

그때만 해도 조운학은 드디어 절대지경에 올랐다고 생각했다. 하지만 뒷간에서 찾아온 깨달음이기 때문인지 완벽한 절대지경에 오르지는 못하고 말았다.

그 뒤로 사부들은 왜 하필 뒷간에서 깨달음을 얻었느냐며 온갖 구박을 하기 시작했다. 그 때문에 오기가 생겨 완벽한 절대지경에 오르기 위해 폐관 수련도 하지 않았던가.

하지만 별다른 성과를 보지 못했었다. 특히, 자신을 가장 슬프게 했던 장난은 바로 '어이, 똥 냄새 나는 반쪽짜리.'라는 조롱과 '똥을 뒤집어쓴 절대지경'이라는 놀림이었다.

'아… 그때만 생각하면 진짜……'

조운학이 부글부글 끓는 속을 간신히 다스리며 시선을 앞에 두니 기대 어린 눈빛으로 자신을 바라보는 나예설이 보였다.

그러자 간신히 가라앉혔던 속이 다시금 치밀어 오르는 거 같았다. 아무리 그래도 어떻게 절대지경의 단초를 뒷간에서 얻었다는 말을 한단 말인가.

'더럽잖아.'

당사자인 자신이 할 말은 아니지만 사실이 그러했다. 만약 다른 사람이 뒷간에서 절대지경의 단초를 얻었다는 말을 듣는다면 조운학은 두고두고 조롱할 자신이 있었다. 하지만 자신이 그러하다면 어떻게든 숨겨야만 했다.

"에… 그게 말이오."

조운학이 어떻게 대답해야할지 몰라 허둥거리자 나예설은 의아한 듯이 물었다.

"밝힐 수 없는 비밀 같은 건가요?"

'뒷간에서 절대지경의 단초를 얻었소이다.'

조운학은 그냥 이런 생각을 당당하게 말하고자 생각했지만 왠지 입이 떨어지지가 않았다. 나예설의 성격상 신기하게 생각하며 넘길 가능성이 높았다. 하지만 순진한 그녀가 언젠가 상유란과 서문단려에게 이런 사실을 말할 수가 있었다. 두 말썽꾸러기가 이 사실을 알게 되면 결코 가만히 있지 않을 것이다.

그 뒤의 상황이 눈에 잡힐 듯이 선했다.

상유란은 틀림없이 비웃을 것이다.

"사부님, 뒷간에서 깨달음을 얻으… 풋! 죄, 죄송해요. 아무리 그래도 뒷간이라… 풋! 너무… 풋! 아하하하하!"

서문단려는 오히려 자신을 나무랄 게 분명했다.

"사부님, 하필 뒷간이시라니요. 너무 더러워요. 그리고 앞으로 이 사실이 더 이상 퍼지지 않게 조치를 취해야겠어요. 저 서문단려의 사부님이 뒷간에서 깨달음을 얻었다는 사실이 퍼지기라도 한다면 창피해서 얼굴을 들 수가 없어요."

'반드시 숨겨야 해!'

조운학은 새삼 다짐했다. 이 사실은 자신이 무덤까지 가지고 가야만 하는 일이었다. 그는 애써 태연하게 웃으며 말했다.

"하하, 내가 어디서 어떤 단초를 얻었든 그게 뭐 그리 중요하겠소? 모두가 답이 다르지 않소이까."

"하긴… 그건 그래요."

"그래도 굳이 말한다면… 내가 얻은 절대지경의 단초는 여유로움이소."

"여유로움이요?"

"그렇소. 처음에는 절대지경에 오르기 위해 사력을 다했소이다. 하지만 그걸 내려놓는 순간 가슴속에 맺혀 있던 무언가가 거짓말처럼 사라지는 것을 느꼈소이다."

'뒷간에서 말이오.'

조운학은 마지막 말은 차마 입 밖으로 내뱉지 못한 채 말을 이었다.

"오히려 집착하면 안 되는군요."

"그때 불현듯 떠오르는 게 있었다오. 아무것도 아니지만 모든 것이 나이고, 아무것도 없지만 모든 것을 나타나게 해준 근원. 그 또한 집착을 버렸을 때 느끼는 감정과 다르지 않았소이다. 그림자가 있다는 사실은 해가 있기 때문에 아는 것이오. 그건, 즉 나라는 존재를 떠나서 근원이란 있을 수 없고, 근원이라는 게 있기에 나라는 존재가 현존하는 것이라는 걸 알게……."

그때를 떠올리며 말을 하던 조운학의 두 눈이 일순 부릅떠졌다. 어느새 나예설이 가부좌를 튼 채 앉아 있었던 것이다.

번쩍!

이윽고 나예설의 전신에서 새하얀 광채가 뿜어져 나오더니 마치 살아 있는 것처럼 너울거렸다. 이윽고 그녀의 온몸이 부들거리며 금방이라도 튀어 오를 듯이 요동쳤다. 하지만 그 움직임은 어느 순간 거짓말처럼 그쳤고, 나예설의 전신에서 뿜어져 나온 새하얀 광채가 서서히 안정을 찾아갔다.

"뭐, 이런……."

조운학은 황당함을 감추지 못했다. 이번에도 나예설이 자신이 던져 주는 조언을 덥석 잡아채고 만 것이다.

'무슨 거지야? 던져 주는 족족 잡아채게.'

그것도 나예설은 한 번이 아니었다. 예전에도 자신의 말에 깨달음을 얻지 않았던가.

'정말로 내가 하는 말에 무슨 언령이라도 깃들었나…….'

조운학은 도저히 이해가 되지 않았다. 그리고 진심으로 배가 아팠다. 자신이 무공 경지를 올리기 위해서는 정말로 죽지 않은 게 이상할 정도로 고생을 해야만 했다.

그에 반해 나예설은 달랐다. 먼저 무공부터가 사기였다.

조운학은 나예설이 수련하는 걸 몇 번 지켜본 적이 있었다. 자신이 보이게 그녀의 수련이라는 건 참으로 단순했다. 주로 운기를 자주했으며 가끔 검무를 추는 게 다였다. 죽어라 몸을 혹사시키는 수련과는 전혀 달랐던 것이다.

그래서 이유를 물으니 나예설이 터득하고 있는 태극천단신공의 묘용 때문이라고 했다. 태극천단신공의 기운은 흐름을 멈추지 않는다. 나예설이 잠을 잘 때도 마찬가지였다.

그 때문에 내공의 축적 속도도 엄청났다. 하지만 더욱 중요한 건 그렇게 움직이면서 내부의 오장육부와 뼈, 근육 등에 계속해서 자극을 주는 것이다.

알아서 필요한 부분은 더욱 단단하게 하고, 불필요한 부분은 없애 버렸다. 그 때문에 태극천단신공을 운기 하는 것만으로도 신체가 완전무결하게 유지될 수 있었다.

그런 나예설의 설명에 조운학은 너무도 부러워했다. 세상에 운기하는 것만으로도 혹독한 수련을 거쳐야만 만들어지는 신체를 만들 수 있는 무공이라니. 조운학에게는 가장 이상적인 무공이 아닐 수 없었다. 지금이야 이미 늦었지만 만약 태극천단신공을 알았다면 모든 무공을 버리고서라도 선택했을 것이다.

어쨌든 그렇게 조운학의 부러움을 샀던 나예설이 깨달음마저 넙죽넙죽 받아 챙기자 배 아프고 얄밉기까지 했다.

'그것도 한 번도 아니고 두 번씩이나!'

조운학은 자신도 모르게 등 뒤에 숨겨 놨던 술병을 잡았다. 이어 그의 손에 힘이 들어갔다.

'이걸 던져 버려……'

조운학은 손에 쥔 술병을 던져 나예설의 무념 상태를 깨 버릴까 심각하게 고민했다. 하지만 다시 한 번 나예설을 보니 차마 던질 수가 없었다.

'그래… 다 가져가라. 다 가져가.'

조운학은 내심 탄식하며 술병을 그대로 들이켰다. 천상의 감로주라 불려도 손색이 없을 정도로 뛰어난 맛의 자천감로주였다. 하나, 이 순간만큼은 독약처럼 쓰기만 했다.

제4장
련주님, 영웅이 되셔야겠어요

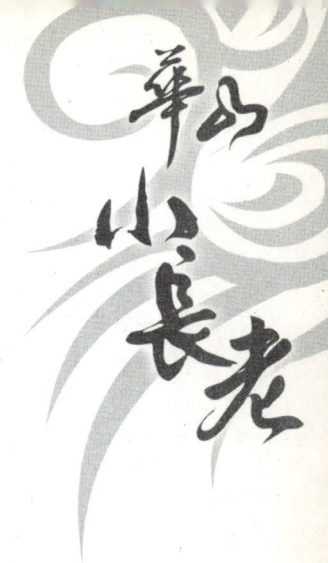

파아아아앗!

한 줄기 검은 섬광이 폭발함과 동시에 수십 줄기의 검은 기류가 사방으로 퍼져 나갔다.

사내들의 눈이 부릅떠졌다. 그들의 눈동자는 수십 줄기의 검은 기류가 가득 찼다. 어디에도 피할 곳이 없고, 막을 엄두조차 나지 않았다.

하지만 그들은 마도련의 정예들. 사력을 다해 힘을 폭발시켜 맞섰다.

그러나 그들의 힘은 검은 기류에 의해 갈가리 찢어지며, 너무나도 허무할 정도로 허공에 흩어져 버렸다.

"크아아악!"

"으악!"

 이윽고 그들은 검은 기류로 인해 온몸이 처참하게 난자된 채 쓰러졌다.

 그렇게 널브러진 시체들의 중심에 한 봉두난발의 괴인이 오연히 서 있었다. 전신이 검었고, 그 눈빛 또한 검었다. 거기에 괴인은 왼쪽 팔이 없었다.

 바로 그때였다.

 쿠아아아앙!

 돌연 등 뒤에서 무시무시한 압력과 함께 가공할 장력이 덮쳐 왔다. 그건 괴인이 어찌할 사이도 없이 등에 그대로 직격했다

 쾅!

 가죽 북이 터져 나가는 듯한 소리와 함께, 괴인의 등으로 철근이 내려친 듯한 충격이 덮쳤다. 놀라운 건 그럼에도 괴인의 상체만 흔들렸을 뿐 그 자리에서 미동도 하지 않았다는 것이다. 그러자 강맹한 장력은 계속해서 공기를 찢는 소리와 함께 괴인을 노렸다.

 콰콰콰쾅!

 괴인은 장력을 몸으로 버티며 적을 찾았다. 이윽고 괴인의 몸이 왼쪽으로 쇄도해 갔다. 장력의 위력은 더욱 강맹해졌으나 괴인은 두 눈을 부릅뜬 채 움직임을 멈추지 않았다. 그러자 그를 공격했던 인영은 왠지 모를 섬뜩함을 느끼곤 자

신도 모르게 한 걸음 뒤로 물러섰다.

"지독한."

그는 전신에 흑의를 걸친 서늘한 인상의 공대복이었다. 공대복은 금세 마음을 다잡고 양손을 앞으로 뻗어 괴인을 향했다.

"죽어라!"

말이 끝나기가 무섭게 공대복의 양손에서 주위의 공기가 모조리 빨려 들 듯한 가공할 흡입력이 발생했다. 그것은 바로 지척까지 다가온 괴인의 전신을 옭아맸다.

공대복은 가볍게 양손을 떨쳤다. 순간, 상상을 초월하는 공세가 괴인의 가슴팍에 작렬했다.

콰쾅!

귀청이 터져 나갈까 걱정될 정도로 엄청난 소리와 함께, 괴인은 입에서 피분수를 뿜으며 뒤로 튕겼다. 그리고 사지를 펼친 채 집채만 한 바위에 거세게 부딪쳤다.

콰쾅! 우르르르르!

너무나 가공할 충격에 전신이 그대로 바위에 파묻힌 괴인은 이내 죽은 듯 고개를 떨어뜨렸다.

그것을 본 공대복은 나직한 웃음을 터뜨렸다.

"크크크! 그럼 그렇지. 어찌 사람의 몸뚱이가 마황수를 막을 수 있단 말인가."

공대복은 괴인이 더 이상 움직이지 않자 흥미를 잃은 듯 시선을 돌렸다.

장내에서는 혈전이 벌어지고 있었다. 언뜻 보기에도 200명에 달하는 무인들이 처절한 사투를 벌이고 있었다.

"쯧쯧, 과연… 마교라는 것인가……."

공대복은 혀를 찼다. 그는 마도련의 최강의 전투 집단인 백천각에서도 손꼽히는 고수인 공대복이었다. 현재 백천각의 각주 자리는 전 각주였던 이운백이 죽은 이후로 계속 공석이었다. 이운백은 절대지경에 올랐던 초인. 또한 부하들의 신임도 높았기에 아직까지 후임이 정해지지 않았던 것이다.

공대복은 그런 백천각의 다음 대 각주 자리의 유력한 후보이기도 했다.

"이럴 줄 알고 반대했건만……."

그는 장내의 혈전을 바라보다 설레설레 고개를 저었다. 현 마도련의 련주는 화광무였다. 하지만 아직 그런 화광무를 탐탁지 않게 생각하는 무리들이 존재했다. 바로 공대복이 그런 무리들 중 한 명이었다. 그렇다고 대놓고 반발하지는 않았다.

전 련주 악군성이 물러나고 마도련은 한동안 혼란에 빠져 있었다. 그런 마도련을 화광무는 단숨에 휘어잡았고, 반발하는 무리들은 단호히 처단했다.

공대복은 그런 화광무의 행보에 이미 대세가 기울었다고

판단했고, 몸을 숙이기로 마음을 정했다. 그런 와중에도 련주 자리에 오른 화광무에게 한 가닥 기대를 가지기도 했다.

지금까지 줄곧 웅크리고만 있던 마도련이 드디어 기지개를 펼 수 있다고 생각한 것이다. 이런 공대복의 생각대로 화광무는 마도련의 모든 힘을 이끌고 세상 밖으로 뛰쳐나갔다.

그런데 누구도 생각지도 못한 일이 벌어졌다. 마도련의 처음 상대가 바로 천사혈성이라는 사악한 단체였던 것이다. 그건 단지 운이 없었을 뿐이라고 생각할 수도 있었다. 한데, 갑자기 마교와 충돌이 벌어져 버리고 말았다. 그 전설의 마교와 말이다.

그래서인지 마도련은 잠시 덮쳐드는 거센 파도를 피하기로 했다. 은밀한 장소에 몸을 숨긴 채 마교의 움직임을 살펴보기로 한 것이다.

공대복은 그런 수뇌부의 결정에 반대했다. 아무리 마교라 할지라도 현 마도련의 힘이면 충분히 상대할 수 있으리라 자신했던 것이다. 또한, 이대로 은신하면 오히려 마교가 기습을 해 올 수 있다고 주장했다.

이런 공대복의 생각에 찬성하는 무리들도 있었다. 하지만 그건 소수에 불과했고 이미 결정된 사안을 바꾸지도 못했다. 공대복은 분통을 삼키면서도 물러설 수밖에 없었다.

그리고 상황은 공대복의 우려대로 흘러갔다. 마도련이 적의 정보를 얻는 동안 마교 또한 은밀히 자신들의 행적을 쫓고 있었다.

마도련은 인원을 다섯으로 쪼갠 뒤 은신했는데 그중 한 곳이 발각되고 말았다. 이후, 마교는 그곳을 급습했고 그 결과 혈전이 벌어지고 있는 것이다.

"우선… 상황을 수습해야겠군."

공대복은 먼저 이번 일을 수습한 뒤에 화광무에게 단단히 따지기로 마음을 먹었다. 그의 두 손에 막대한 힘이 집중되었다.

"마교의 마인들… 흔적도 없이 사라지게 해 주마."

그런데 바로 그때였다. 공대복은 돌연 오싹한 전율이 등골을 훑는 느낌이 들었다. 그는 시선을 돌렸다.

"무슨……?"

공대복의 눈빛이 크게 흔들렸다. 바위에 파묻혀 죽은 듯이 있던 괴인의 전신에서 돌연 검은 기류가 뿜어져 나왔다. 그것은 마치 살아 있는 생물처럼 움직였다.

곧이어 괴인은 검은 기류에 휩싸여 모습이 보이지 않았다.

"설마?"

공대복의 경악 어린 중얼거림과 함께 위맹 무쌍한 장력이 괴인을 덮쳤다.

콰쾅!

집채만 한 바위가 금방이라도 무너져 내릴 듯이 쩌쩍 금이

가기 시작했다. 공대복은 연달아 두세 번 더 장력을 날린 뒤에야 두 손을 내렸다.

괴인은 자욱한 흙먼지에 휩싸였다.

"이 정도면……."

그러나 흙먼지가 내려앉은 후 그의 눈빛은 경악으로 가득 찼다.

"세, 세상에……."

흙먼지가 완전히 사라진 후 드러난 괴인의 모습은 멀쩡했다. 조금 전 시체라 불러도 상관없을 만치 만신창이었던 몸은 상처 하나 없이 깨끗했다.

두 다리를 땅바닥에 붙이고 가만히 서 있는 그의 전신에는 처음보다 엷은 검은 기류가 휘감겨 있었다.

괴인은 두 눈을 감고 있었다.

"이놈!"

공대복은 알 수 없는 두려움에 재빨리 양손을 뻗어 마황수를 펼쳤다. 엄청난 힘이 괴인의 가슴팍을 향해 쏘아져 나갔다.

바로 그 순간, 괴인의 두 눈이 스르르 떠지며 한쪽 손을 들어 덮쳐 오는 힘에 부딪쳤다.

그리고 믿을 수 없는 일이 벌어졌다. 단지 그것뿐이었는데, 공대복의 공세는 괴인의 손에 닿자마자 소멸해 버렸다. 마치 그의 손바닥에 흡수되듯 사라져 버린 것이다.

공대복의 눈가는 놀라움으로 물들어 갔다.

'이럴 수가? 전력을 다한 마황수를 아무렇지도 않게 소멸시키다니……'

괴인은 하나밖에 없는 자신의 손을 바라보고 있었다. 무표정했고, 깊은 눈빛이었다. 그러나 그 속에는 금방이라도 터질 것 같은 광기가 어른거리고 있었다.

그것을 눈치챈 공대복은 자신도 모르게 한 걸음 뒤로 물러서고 말았다.

'도, 도대체가……'

공대복은 전신이 끈끈한 암흑에 잠겨 있는 것 같은 공포감을 느끼고 있었다. 그것은 처음으로 느껴 보는 감정이었다.

그때, 괴인이 움직였다. 그냥 살짝 한 걸음 앞으로 내디뎠을 뿐인데 공대복은 두 걸음 물러났다.

'허……'

그는 탄식하며 고개를 저었다. 긴장하면 안 된다는 마음은 태산 같으나, 몸은 거기에 따르지 않고 공포에 지배당하고 있었다.

괴인의 눈빛이 묘하게 변했다. 그것을 비웃음으로 느낀 공대복은 분노했다.

그 순간, 괴인은 사라져 버렸다.

"아니?"

공대복은 재빨리 주위를 둘러보았다. 하지만 괴인을 찾을 수 없자, 뒤로 신형을 튕기며 언제라도 마황수를 펼칠 수 있게 준비했다.

그런데 그때, 공대복의 바로 정면에 괴인의 신형이 유령처럼 나타났다. 공대복은 다급히 양손을 뻗었다. 거대무비한 장력이 해일처럼 밀려갔다. 하지만 괴인은 피하지 않았다.

콰쾅!

공대복의 공세는 여지없이 괴인의 가슴팍에 작렬했다.

"헉!"

공대복이 마치 솜뭉치를 친 듯한 느낌을 받는 순간, 갑자기 자신이 발출한 공세의 2배 위력이 되돌아옴을 느끼며 경악했다.

'어떻게? 천하의 마황수를 그대로 되돌리다니…….'

공대복은 급히 오른쪽으로 신형을 날렸다. 하지만 그의 왼팔은 어느새 괴인의 손에 잡혀 버렸다.

"놓아라!"

공대복은 경악하며 재빨리 오른손으로 장력을 날렸다. 만근거암을 한순간에 파괴시킬 정도의 힘이 괴인의 가슴팍에 부딪쳤으나, 그는 미동조차 하지 않았다.

괴인의 손이 공대복의 팔에 파고들었다.

우직!

뼈가 부러지는 소리와 함께 공대복의 왼팔이 덜렁거렸다.

"크읙!"

공대복은 고통 어린 신음을 흘리며 당황했다. 자신의 무공이 괴인에게 전혀 통하지 않으니 빠져나갈 방법이 생각나지 않았다.

괴인은 한쪽 팔로 공대복의 팔을 무시무시한 기세로 잡아당겼다.

우지지지직!

소름 돋는 소리와 함께 공대복의 왼팔이 송두리째 뽑혔다.

"크아아악!"

공대복은 금방이라도 정신을 잃을 듯한 엄청난 고통에 비명을 터뜨렸다. 그의 왼쪽 어깻죽지에서 붉은 피가 콸콸 넘쳤다. 허연 뼈가 약간 드러나 피와 함께 덜렁거렸.

괴인은 왼손을 들어 공대복의 뽑힌 팔을 들여다보았다. 그의 표정은 황홀감에 젖어 있었다.

괴인의 양어깨가 들썩였다.

"키키… 키키……."

기묘한 웃음을 터뜨리던 괴인은 들고 있던 팔뚝을 툭 떨어트렸다. 그리고 오른발로 그것을 단숨에 짓이겨 버렸다.

'도, 도망가야 한다.'

공대복은 당장 이곳에서 벗어나고 싶었지만 엄청난 공포감에 움직이지 못했다. 그래도 이렇게 당할 수만은 없기에 공포심을 분노로 물리치며 움직였다.

"으아아압!"

공대복은 한 차례 외침과 함께 괴인을 향해 쏘아 가며, 사력을 다해 마황수를 펼쳤다. 무시무시한 힘이 괴인의 전신을 덮쳤다.

하지만 괴인의 신형은 갑자기 사라져 버렸고, 공대복의 공세는 바닥에 부딪쳤다.

쾅!

크나큰 소리와 함께 흙먼지가 풀풀 일어났다.

'이때다!'

공대복은 일순 시야가 가리어졌다는 판단에 재빨리 뒤로 신형을 날렸다. 하지만 괴인은 순식간에 그런 공대복의 지척까지 따라붙었다.

"이놈!"

공대복은 다시 오른손을 뻗었다. 그러나 괴인은 공대복의 어깨를 잡고 오른손을 통째로 뽑아 버렸다.

순간, 부러진 뼈와 살이 보이고, 피가 뿜어져 나왔다. 공대복은 그제야 비명을 질러 댔다.

"크아아악!"

공대복은 양팔이 없어진 채 금방이라도 쓰러질 듯이 비칠거렸다.

괴인은 이번에도 들고 있는 팔뚝을 들여다보았다. 그러다 입가에 치기 어린 미소를 지으며 공대복을 향해 다가갔다. 그리고 들고 있던 팔뚝을 휘두르기 시작했다.

퍼퍼퍼퍼퍽!

공대복은 비명도 지르지 못하고 자신의 팔뚝에 두들겨 맞았다. 괴인은 팔뚝이 본래의 형체를 잃을 정도로 휘둘렀다. 그러다 조금 지겨운지 그것을 세워 공대복의 가슴팍을 꿰뚫었다. 팔뚝은 공대복의 가슴팍을 뚫어 등 뒤까지 삐죽하니 튀어나왔다.

"꺼꺽!"

공대복은 흰자위만 남은 눈동자로 입을 쩍 벌린 채 기묘한 신음을 흘렸다.

괴인은 흥미 어린 눈빛으로 그런 공대복을 바라보다가 하나밖에 없는 손을 뻗어 그의 어깨를 움켜쥐었다.

순간, 괴인의 전신에서 검은 기류가 폭발했다. 그것은 공대복의 전신에 마치 흡수되는 듯이 파고들었다.

갑자기 그의 전신이 부풀었다.

"끄… 끄……."

공대복은 이루 말할 수 없는 고통에 입가에 피가 섞인 침을 질질 흘렸다. 괴인의 눈빛은 온통 흥분에 젖어 있었다.

곧이어 공대복의 전신은 폭발해 버렸다. 엄청난 피와 혈육이 허공을 뒤덮다가 땅바닥에 툭툭 떨어졌다.

괴인은 전신에 피를 흠뻑 뒤집어쓴 채 광소를 터뜨렸다.

"크하하하하!"

"쯧, 한발 늦었군."

그때 한 사내가 혀를 차며 모습을 드러냈다. 바로 화광무였다. 그는 땅바닥에 널브러져 있는 공대복의 피와 살점들을 한 차례 훑어본 뒤 다시 시선을 들었다.

그와 동시에 일단의 무리들이 장내에 뛰어드는가 싶더니 이내 마교의 마인들을 향해 덮쳐들었다. 마도련의 지원군이었다. 그러자 팽팽하던 혈전이 빠르게 마도련 쪽으로 기울기 시작했다.

"크륵……."

그걸 본 괴인의 두 눈에서 광기가 번들거렸다. 괴인은 금방이라도 혈전 속으로 뛰어들듯이 움찔거렸다. 그때 화광무가 그런 괴인을 저지했다.

"이봐, 네 상대는 나라고."

"크륵……."

괴인의 전신에서 검은 기류가 스멀스멀 흘러나오기 시작했다. 그와 함께 전신에서 뿜어져 나오는 소름 끼치도록 사악한 살기에 화광무는 주먹을 움켜쥐었다.

순간, 괴인이 화광무를 향해 덮쳐들었다. 그에 화광무는 스르르 좌측으로 이동해 피했다. 상대가 자신의 공격을 아무렇지도 않게 피하자 괴인의 움직임이 일순 주춤해졌다.

하지만 곧이어 살기는 더욱 짙어졌고, '지이이잉!' 하는 괴이한 음향이 화광무의 고막을 칼끝처럼 파고들었다.

순간, 괴인의 모습이 화광무의 시야에서 사라졌다. 아니,

사라졌다고 느낀 순간, 한 줄기 섬뜩한 마기가 화광무의 정수리를 향해 떨어져 내리고 있었다.

화광무의 신형이 꺼지듯 사라졌다.

콰콰쾅!

직후, 형용 못할 폭음이 일며 화광무가 서 있던 자리에 10여 장 깊이의 구멍이 생겨났다.

미친 듯이 피어오르는 자욱한 흙먼지 속에 서 있는 괴인의 입에서 광소가 터져 나왔다.

"크하하하하!"

두 줄기 검은 광채가 뿜어져 나와 서로 뒤엉켜 엄청난 광채를 뿜어내더니, 그대로 화광무를 향해 가공할 속도로 휘몰아쳤다.

화광무의 우수가 붉은 광채에 휩싸였고 정면으로 뻗어 나갔다.

그것은 파괴의 힘, 태양혼원심결의 힘이었다.

콰콰쾅!

한순간 괴인과 화광무가 만들어 낸 거대한 힘의 충돌과 함께, 폭풍처럼 소용돌이쳐 나가는 강기의 여파는 주위를 완전히 초토화시킬 듯 회오리쳤다.

그리고 괴인과 화광무는 마치 언제 움직였었냐는 듯이 처음의 자리에 우뚝 서 있었다.

괴인의 2개의 마안이 섬뜩한 광채를 뿌리며 번쩍였다.

"쿠와아아악!"

괴인의 전신에서 뿜어져 나오던 검은 기류가 응축되더니 화광무를 향해 쏘아져 나갔다. 그러자 화광무는 귀찮다는 듯이 오른손을 휘저었고, 마기는 거짓말처럼 소멸되어 버렸다.

괴인의 광기에 가득 찬 망막이 그런 화광무을 직시했다. 화광무의 무감정하던 눈빛에서도 번갯불 같은 안광이 번쩍였다. 그를 직시하던 괴인의 광기 어린 눈빛이 일순 흔들렸다. 하지만 그것도 잠시, 금세 광기에 가득 찬 눈빛으로 장소성을 터뜨렸다.

우우우우우!

마신의 포효였다. 대기가 흔들리고, 화광무는 거기에 휩쓸려 허무하게 사라질 것만 같았다.

괴인이 한 손을 벼락 치듯이 내갈겼다. 내뻗어진 그의 장심에서 무시무시한 마기가 불기둥이 폭발하듯 터져 나갔다.

화광무의 우수에서도 붉은 강기가 쏟아져 나갔다.

콰콰쾅!

엄청난 폭음이 일며 장내가 폭풍을 만난 듯이 휘날렸다.

괴인의 신형이 뒤로 튕겨 나갔다. 그러나 그의 신형이 땅에 채 닿기도 전에 다시 수배의 빠르기로 재차 덮쳐 갔다.

광기에 가득 찬 눈빛이 번뜩이더니, 괴인의 한 손이 마치 환상처럼 수십 개로 나뉘어서 화광무를 노려 갔다.

화광무는 전신을 덮쳐 오는 괴인의 공격을 하나하나 침착하게 쳐 냈다.

둘의 무공이 서로 부딪칠 때마다 마치 천둥이 치는 것 같았다.

괴인의 전신에서 폭풍처럼 쏟아져 나오는 것은 마의 정화라 불리는 마교의 마학들이었다. 거기에는 역천의 비법들이 담겨 있어 그 위력은 상상을 초월했다. 반면, 화광무의 무공인 태양혼원심결은 장엄한 가운데 강맹하기 이를 데 없었다. 그 힘들이 서서히 발휘되니 격전이 거듭될수록 화광무의 무공이 괴인을 압도해 가고 있었다.

그러던 어느 한순간이었다. 괴인의 전신에서 지금까지와는 비교도 안 되는 마기가 자욱이 뿜어져 나왔다.

그것은 살아 있는 듯이 넘실거리더니, 금세 세상의 모든 빛을 단연 압도하고 바스러뜨릴 정도로 활활 타올랐다.

마기의 정화인 마화였다.

화광무의 눈이 그런 괴인을 직시했다. 광기 어린 2개의 마안이 그의 눈동자에 파고들었다. 등골이 오싹할 정도의 압박감.

화광무의 입꼬리가 비틀려 올라갔다.

"덤벼."

"크와아악!"

괴인의 입에서 울부짖음이 터져 나왔다. 그의 전신에서 폭주하던 마화가 하나의 거대한 도의 형태로 변했다.

 천지에 존재하는 모든 것을 한 줌의 가루로 만들어 버릴 도.

 그 상상을 초월하는 힘이 화광무를 향해 덮쳐들었다.

 쿠아아아아앙!

 도가 지나간 곳에는 모든 것이 한 줌 먼지로 사라져 버렸다.

 화광무의 전신에서 붉은 기운이 자욱이 뿜어져 나왔다. 동시에 그의 우수가 금방이라도 타오를 듯 붉게 변해 버렸다. 그곳에 대기에 흩어져 있던 힘이 흡수되었다. 아니, 천지간의 힘이 모였다. 그 힘은 모이고 모여 만류로 갈라지고, 혼돈을 이룬 뒤 태양처럼 밝게 변했다.

 태양혼원심결의 정수가 그 모습을 드러냈다.

 붉은 우수는 아주 자연스럽게, 아니 원래 이곳에 도착하는 게 당연한 것처럼 어느새 덮쳐 오던 거대한 도의 정면에 착 달라붙었다.

 그리고 놀라운 광경이 벌어졌다. 괴인의 힘이 화광무의 붉은 우수에 부딪치자 거짓말처럼 허무하게 부서져 버렸다. 마치 얼음이 깨어지는 것 같았다.

 산산이 깨어지는 도의 파편들. 동시에 붉은 우수는 괴인의 가슴팍을 꿰뚫어 버렸다. 무시무시한 열기가 괴인의 내부를 뒤흔들었다.

"끄아아아악!"

괴인의 입이 벌어지고 전신의 구멍이란 구멍인 곳에서는 뜨거운 열기가 폭출했다. 괴인은 어떻게든 벗어나기 위해 발버둥 쳤지만 소용없었다. 이윽고 괴인의 몸은 한 줌의 먼지로 변해 부스스 흘러내렸다.

화광무는 손을 거두며 나직이 읊조렸다.

"이건 마치……."

"천마인 같죠?"

화광무가 시선을 돌리니 어느새 백묘가 모습을 드러내고 있었다.

"지켜봤소?"

"예. 방금 련주님이 상대하신 건 천마강시예요."

"천마강시?"

"전 련주님께서 만드셨던 천마인과 비슷해요. 애초에 천마인의 시초가 천마강시였으니까요. 더 단순하게 말씀드리자면 천마인은 천마강시를 개량한 것에 불과해요."

"그 늙은이, 천마인이 자신의 걸작이라고 자화자찬하더니만 고작해야 남의 것을 가져와 고친 것에 불과하군."

"그런데… 왜 지켜만 보신 거죠?"

"무엇을 말이오?"

백묘의 시선이 밑으로 향했다. 그녀의 두 눈동자에 공대복의 육편이 담겼다.

"구하시려고 했다면 충분히 가능하셨어요."

"군사가 보고하지 않았소. 그 늙은이가 필요한 약초를 구할 수 있게 도와준 놈이 바로 공대복이라고 말이오."

"고작 그 이유 때문인가요?"

"고작이라니! 그놈이 그 늙은이한테 약초를 몰래 가져다준 것 때문에 절대무인을 세 명이나 잃게 되지 않았소이까. 그리고 내가 가장 싫어하는 게 무엇인지 아시오? 바로 신뢰를 배신하고 뒤통수를 때리는 놈들이오. 그런 의미에서 오히려 이놈은 편히 잘 죽은 것이오. 내가 죽였으면 이런 육편조차 남기지 못했을 테니까 말이오."

"적어도 긍지 있는 죽음이군요."

"천마강시의 회복력이 천마인과 버금가 어지간한 타격으로는 소용없다는 걸 알려 주고 죽어 단숨에 끝낼 수 있었으니……. 뭐, 그렇게 생각합시다."

백묘는 시선을 돌렸다.

"상황이 정리되어 가는군요."

"군사, 대체 어떻게 된 것이오? 은신한 지 얼마나 되었다고 벌써부터 마교 놈들이 기습을 해 온단 말이오?"

화광무의 투덜거림에 백묘의 시선이 묘하게 변했다.

"분명 말씀드린 걸로 아는데요. 마교의 정보망이 어느 정도인지 아직 가늠조차 못하니 은신하되 인원을 나누지 말고 기습에 대비하자고 말이에요. 그런 제 조언을 무시하시고 인원을 나누신 건 바로 련주님이세요."

"군사라면 설사 오판을 내렸다 할지라도 이런 상황을 예상해야 하지 않소이까."

"죄송하지만 저는 아직 천기 같은 건 읽지 못해요."

"정말이오? 군사라면 그까짓 천기쯤은 손바닥을 들여다보듯이 보는 줄 알았소이다."

"그런 능력이 있었다면 련주 자리가 그리 쉽게 바뀌지 않았을 거예요."

"호오, 군사도 아직 그 늙은이를 그리워하오?"

"적어도 자신의 잘못을 다른 사람 탓으로 돌리지는 않았으니까요."

"끄응, 알았소이다. 내가 잘못했소."

화광무는 결국 한 걸음 물러섰다. 솔직히 무안해서 이런 말을 한 것이지 이미 자신의 잘못은 뼈저리게 느끼고 있었다. 군사의 조언을 무시하고 자신의 고집대로 밀어붙이는 바람에 큰 피해를 보고 만 것이다.

'역시 나는 이리저리 생각 같은 걸 하면 안 돼. 그래도 련주랍시고 뭔가 보여 줘야 되지 않겠나 싶어 당당히 밀어붙였건만. 이게 무슨 꼴이야… 쩝.'

화광무는 내심 입맛을 다셨다. 하지만 이미 지나가 버린 일. 그는 더 이상 미련을 두지 않기로 했다.

백묘는 화광무가 생각보다 선뜻 사과를 하자 의외라는 표정을 지었다.

"련주님의 사과는 처음이군요."

"잘못한 건 잘못했고. 이미 일은 벌어지고 말았소. 이제 어떻게 하면 되겠소? 계속 은신하는 게 좋겠소?"

"아뇨. 마교의 정보망이 저의 예상보다 대단하다는 걸 알았으니 계속 은신해 봤자 소용없으리라 생각해요. 그런데 이상한 게 있어요. 왜 백 명 정도의 마인과 단 한 구의 천마강시만 나타나 습격한 것일까요?"

"그게 무슨 말이오?"

"마교의 비밀 분타 중 한 곳이 날아갔어요. 그곳을 무너뜨린 후 여러 가지 정보들을 취득한 결과 마교의 비밀 분타들을 총괄하는 곳이라는 걸 알 수 있었어요. 그렇기에 그토록 많은 마인들이 있었던 거죠. 족히… 수백 명에 달하는 마인들을 죽였어요. 그 정도면 아무리 마교라 할지라도 큰 타격을 입었다고 볼 수 있어요. 그런데도 이 정도 병력만 보냈다는 건 분명히 무슨 이유가 있는 거예요."

"그 이유라는 게 대체 무엇이오?"

"두 가지로 볼 수 있어요. 첫 번째 이유는 단순하게 우리의 전력을 파악하기 위해서예요. 마교는 아직 저희의 정체와 전력이 얼마나 되는지 모르니까요. 그걸 파악하기 위해 이번 기습이 이루어졌다고 생각해도 무방해요."

"그럼 나머지 한 가지 이유는?"

"두 번째 이유는… 마교의 내부에 무슨 일이 벌어지고 있다는 거예요. 그 때문에 마교의 전력 중 상당 부분이 사라졌고, 지금 나타난 전력이 적이 보낼 수 있는 최대한이라고 생각한다면 납득이 돼요."

"흐음……."

화광무는 잠시 고심하다 물었다.

"군사는 어느 쪽에 무게를 두시오?"

"첫 번째 이유예요. 마교는 오늘 기습해 온 전력쯤은 쉽게 버릴 수 있을 정도로 강대한 세력을 지니고 있어요. 만약 후속으로 마교를 다스리는 천마와 삼태상. 그리고 아직 몇 구나 존재하는지 파악조차 못하고 있는 천마강시와 수많은 마인들이 몰려온다면 아무리 본 련이라고 해도 공멸에 가까운 피해를 입을 게 분명해요."

"망할."

"련주님의 결정에 따르겠어요."

화광무는 머리가 아파 왔다. 괜히 마교와 부딪치는 바람에 빼도 박도 못하는 상황이 되어 버리고 만 것이다. 그는 신중하게 고민했다. 이번 결정으로 인해 앞으로의 마도련의 흥망이 결정되기 때문이다. 그러다 문득 백묘의 설명 중 2번째 이유가 떠올랐다.

'마교의 내부에 무슨 일이 벌어졌다라…….'

곰곰이 생각하니 두 번째 이유도 왠지 가능성이 있어 보였다. 자신들 마도련도 이런저런 일 때문에 큰 피해를 입지 않았던가. 마교라고 그러지 말라는 법이 없었다. 만약 두 번째 이유가 맞다면 마도련은 오히려 적극적으로 공격에 나설 것이다. 이번 기습이 마교가 힘들게 보낸 전력이라면 충분히 마교를 흔적도 없이 사라지게 할 자신이 있었다. 문제는 그걸 파악하기에는 시간과 인원이 부족하다는 거였다.

'그렇기에 군사도 첫 번째 이유를 선택한 거겠지……'

화광무도 첫 번째 이유가 더욱 가능성이 높다는 걸 알고 있었다. 두 번째 이유는 추측일 뿐, 이를 뒷받침할 정보가 부족했다. 그럼에도 그는 왠지 두 번째 이유에 점점 마음이 쏠렸다.

'이왕 이렇게 된 거 전설의 단체라는 마교와 한번 제대로 붙어 봐? 만약 그놈들의 내부에 무슨 일이 벌어진 거라면 한 번 붙어 볼 만한데 말이야……'

화광무는 충분히 승산이 있다는 생각이 들었다. 하지만 이런 자신의 판단을 백묘나 다른 사람들이 따를지는 아직 미지수였다. 무엇보다 세상 밖으로 나온 뒤 자신이 무엇을 하고자 하면 계속 꼬여만 갔던지라 신뢰가 바닥이었던 것이다.

'그래도 련주인 내가 명령을 내리는데 지들이 어쩌겠어. 아서라, 아서. 그러다 또 잘못되기라도 한다면 본 련은 세상에 이름을 알리기도 전에 사라져 버릴 거야……'

화광무는 지금은 백묘가 말한 첫 번째 이유를 바탕으로 움직여야 한다는 걸 알고 있었다. 그럼에도 쉽게 포기할 수 없는 건 왠지 모를 감 같은 것 때문이었다. 문제는 이런 자신의 감이 어쩌다 한 번 맞을 뿐 대부분이 어긋난다는 데 있었다.

'조운학 그놈만 해도 그래……. 처음 그놈에 대한 정보를 들었을 때만 해도 그저 한낱 유흥에 불과한 존재인 줄 알았지. 내 감이 그렇게 말하고 있었거든. 하지만 그놈에게 그토록 당하고 또 당하고, 마지막까지 당할 줄은 짐작이나 했겠냐고. 아… 그놈 생각하니 또 머리가…….'

화광무는 욱신거리는 두통을 느끼며 설레설레 고개를 저었다. 그러다 문득 이런 생각이 들었다.

'조운학… 그놈이라면 어떤 결정을 내렸을까?'

화광무는 조운학이라면 이런 고민 따위는 하지 않을 것만 같았다.

'지금쯤 그놈은 집에서 따뜻한 방 안에서 매일 진수성찬을 먹으며 곰방대나 피우면서 유유자적 지내고 있겠지…….'

그는 조운학이 부럽다는 생각이 들었다. 하지만 이내 고개를 저었다.

'안 돼. 이 내가 그놈을 부러워하다니. 언젠가는 반드시 그놈을 내 발밑에 바짝 엎드리게 하고 말 것이다. 그러기 위해서라도 이번 고비를 잘 넘겨야 해.'

화광무는 결단을 내렸다. 지금까지 자신의 뜻대로 움직였으나 제대로 된 것은 한 번도 없었다. 그러니 지금은 군사의 조언대로 따르는 것이 현명했다.

'아직 내 감은 두 번째라고 말하고 있지만 뭐, 이번에도 틀렸을 거야.'

그는 단호하게 말했다.

"이번에는 군사의 조언을 전적으로 따르겠소."

"정말이신가요?"

"그렇소."

"저도 틀릴 수가 있어요."

"그럼 망하기밖에 더하겠소."

"이제 자신의 책임이 아니라는 듯한 말씀이시군요."

"틀렸소. 함께 책임질 사람이 있다는 것이오. 그리고 설사 잘못됐다 할지라도 걱정 마시오. 내 도망칠 때 군사는 반드시 챙길 테니 말이오. 그거 아시오? 설사 마도련이 망한다 할지라도 나는 결코 함께 사라지지 않을 것이오. 련주라면 훗날을 기약해야 하지 않겠소? 마도련이 망하면 군사와 함께 아무도 찾지 못하는 심산유곡에 들어가 혼약을 치르는 것이오. 그리고 자식을 낳아 마도련의 유지를 떠넘겨 버린 후 세상 밖으로 쫓아내 버리면 충분히 제 할 짓은 다 한 것이라오. 그 뒤에야 그 자식 놈이 알아서 하지 않겠소?"

"련주님의 말씀 중에는 치명적인 허점이 있어요."

"허점이라니?"

"제가 결코 련주님과 혼약을 치르지 않을 거라는 거예요."

"거, 섭섭하게 무슨 말씀이시오. 내가 이래 봬도 한 인물 한단 말이오. 한 단체의 수장을 서방으로 맞기가 어디 쉬운 줄 아시오? 솔직히 내가 손해란 말이오."

"그건 련주님의 생각이시고요."

화광무는 씩 웃었다.

"이렇게 대놓고 거절을 당하니 오히려 오기가 생기는구려."

"헛된 망상은 혼자 꿈꾸도록 하세요."

백묘는 그런 화광무를 신랄하게 비꼬았다.

"뭐, 훗날 내 말대로 되는지 망상에 불과했는지 어디 두고 봅시다."

"정말로 모든 걸 저에게 맡기실 건가요?"

"련주의 자리를 걸겠소."

"지금부터 마도련에 큰 변화가 있을 거예요."

"그게 무슨 말이오?"

"간단해요. 영웅이 돼셔야겠어요."

"……."

화광무는 도무지 영문을 모르겠다는 표정을 지었다. 그 뒤로 백묘의 설명은 이어졌고, 시간이 지날수록 화광무의 표정은 참혹하게 일그러졌다. 잠시 후, 그는 두 번째 가정을 밀어 붙이지 못한 걸 평생을 두고 후회하게 되었다.

※　※　※

조운학은 유유자적한 시간을 보내는 한 편, 천황멸진백옥장을 다시 펼치기 위해 노력 중이었다.

멸진백옥장의 힘과 현현진결, 마지막으로 천황기의 힘의 조화로 완성된 게 바로 천황멸진백옥장이었다. 문제는 그런 멸진백옥장이 현현진결과 천황기의 힘과 합쳐지기를 극도로 싫어한다는 거였다.

멸진백옥장의 힘은 어느 날, 천룡지기를 흡수해 버렸다. 그 때문에 절대지경의 고수도 압도시킨 무공인 천황멸진백옥장을 펼칠 수 없게 되어 버린 것이다.

조운학은 그 뒤로도 천황멸진백옥장을 다시 펼칠 수 있게 하기 위해 이런저런 시도를 해 봤지만 전부 실패하고 말았다.

문제는 천룡지기였다. 멸진백옥장 혼자의 힘으로 현현진결과 천황기의 힘을 뿌리치는 건 불가능했다. 하지만 천룡지기의 힘을 흡수함으로서 두 힘을 물리칠 수 있었던 것이다.

현재 멸진백옥장과 천룡지기 사이에는 하나의 다리가 놓여 있었다. 즉, 천룡지기는 멸진백옥장을 통해 힘을 부여받고 있는 것이다.

 본래라면 현현진결이라는 큰 뿌리와 이어져야 하지만 멸진백옥장이 억지로 천룡지기와 다리를 만들어 버린 것이다.

 그래서 조운학은 멸진백옥장과 천룡지기와의 연결을 유지하는 한편, 현현진결과도 연결을 시키기 위해 노력했다. 현현진결과 천황기가 움직일 때 마다 멸진백옥장은 천룡지기를 뒤로 숨겨 놓은 채 언제든지 흡수할 수 있도록 대기시켰다.

 조운학은 그런 대치 상황을 반복하면서 한 가지 방법을 생각해 냈다.

 '그렇다면 우선 현현진결과 천황기의 힘을 합쳐 보면 어떨까? 지금까지는 현현진결과 천황기의 힘으로 어떻게든 멸진백옥장과 합치려고만 했다. 이에 멸진백옥장이 천룡지기를 흡수해 대항했던 것이지. 하지만 현현진결과 천황기의 힘을 먼저 합쳐서 멸진백옥장이 천룡지기를 흡수해도 대항하지 못할 만큼 거대하게 만든다면……'

 멸진백옥장과는 달리 천황기는 모든 기운에 아무런 저항 없이 스며들 수 있었다.

 조운학은 한 가닥 실마리가 보이는 것 같았다.

 '현현진결은 천지간의 모든 기운을 포용한다. 그렇기에 천황기와 힘을 합치는 건 식은 죽 먹기다. 아니, 왜 처음부터 이런 생각을 못한 거지?

그는 스스로가 한심했다. 멸진백옥장이 천룡지기를 흡수해 대항한다면 자신도 현현진결과 천황기를 합쳐서 덤벼들면 되는 것이다. 그걸 모르고 제각기 덤벼들었으니 실패하는 건 당연했다.

'좋아, 시작해 보자. 나 소저도 깨달음을 얻어 한 걸음 나아갔는데 나라고 못할쏘냐.'

조운학은 현현진결과 천황기를 일으켰다. 그러자 멸진백옥장이 움찔거리는 게 느껴졌다. 경계하는 기색이 역력했다.

'너는 내가 언젠가는 후회하도록 만들어 줄 거야. 그때 돼서 울며 엎드려 용서를 빌어도 소용없어.'

현현진결이 손을 내밀자 천황기는 거부감 없이 마주 손을 잡았다. 이윽고 두 개의 힘이 서로 합쳐지기 시작했다. 두 개의 힘은 마치 처음부터 한 몸이었던 것처럼 서로 합쳐졌다. 이윽고 조운학의 내부에 거대한 힘이 자리 잡았다. 단전을 가득 채우고도 모자라 흘러넘칠 정도의 힘이었다.

조운학은 이 힘을 간단하게 '현현천황기'라고 이름 붙였다.

'그런데 이거 너무 거대한데……'

현현천황기의 힘은 그가 생각했던 것보다 훨씬 강대했다. 힘의 크기만으로 보자면 현현진결과 천황기, 그리고 멸진백옥장을 합쳐서 완성한 천황멸진백옥장보다 더 거대했다.

자칫 실수라도 했다가는 단전이 찢어져 버릴 것만 같았다. 다행이라면 이 현현천황기가 설사 멸진백옥장이 천룡지기와 합친다 할지라도 쉽게 흡수할 정도로 거대하다는 것이다.

멸진백옥장도 그야말로 광대무변한 현현천황기의 힘을 느꼈는지 파르르 떨고 있었다.

'넌 이제 끝났어.'

조운학은 내심 환호했다. 드디어 제멋대로 굴고 있던 멸진백옥장을 응징할 수 있게 된 것이다.

한데, 두려움을 느끼는 멸진백옥장과는 달리 천룡지기는 적대감을 보이는 듯했다. 만약 멸진백옥장이 없었다면 진즉에 다가와 공격했을 정도였다.

'왜 저놈이 저토록 야단이지?'

조운학은 한 가닥 의아심을 느꼈지만 이내 신경 쓰지 않았다. 지금 중요한 건 현현진결과 천황기를 합쳐서 멸진백옥장을 응징한다는 방법이 성공적이라는 것이다.

'좋아, 어디……'

조운학은 현현천황기를 살짝 움직여 봤다. 하지만 처음부터 문제가 발생했다. 현현천황기의 덩치가 커서 그런지 미동도 하지 않았던 것이다.

그렇다고 포기할 조운학이 아니었다.

'움직여! 움직이라고……!'

그의 이런 집념 어린 노력에도 현현천황기는 요지부동이었다. 마치 산처럼 커다란 거인을 발톱만 한 소인이 어서 움직이라고 계속 발로 차는 것만 같았다.

현현천황기라는 거인은 어떠한 충격도 받지 않은 듯 단전에서 뿌리를 내린 듯이 멍하니 서 있기만 했다.

조운학의 인상이 확 일그러졌다.

'이런, 빌어먹을! 그럼 그렇지. 어쩐지 일이 쉽게 풀린다 싶었어.'

아무리 거대한 힘이라도 뜻대로 움직이지 못하면 짐 덩어리에 불과했다.

'그래도 한번 움직여는 봐야지. 이대로 포기할 수 없어.'

조운학은 계속해서 현현천황기를 움직이기 위해 노력했다.

시간은 하염없이 흘러갔고 어느덧 한 시진이나 흘렀다. 이미 그의 몸은 땀으로 흠뻑 젖어 있었다.

그런데 그런 노력 덕분인지 현현천황기가 꿈틀거렸다.

현현천황기는 금방이라도 단전에서 벗어나려는 듯이 우웅, 하고 떨리기 시작했다.

'됐어. 이대로 움직이는 거야.'

조운학은 더욱 정신을 집중했다. 하도 집중해서 머릿속이 아찔할 정도였지만 여기서 포기할 수 없었다. 어떻게든 저 현현천황기를 움직여야 만했다.

그렇게 다시 한 식경 정도가 흘렀다. 계속 우웅거리며 떨던 현현천황기가 드디어 움직였다.

'오오.'

조운학은 환호했다.

하지만 그 환호는 금세 사라졌고, 남은 건 황당함과 허탈감이었다.

현현천황기는 움직였다.

그런데 그 움직임이란 게 눈곱만큼 작다는 게 문제였다. 거인으로 치자면 그저 반 발자국 옆으로 움직인 것에 불과했다.

더욱 황당한 건 겨우 그만큼 움직여 놓고는 제 할 짓을 다 했다는 듯이 더 이상 꼼짝도 하지 않는다는 것이다.

'뭐 이런 개떡 같은……'

조운학은 환장할 것만 같았다. 울화가 치솟아 머릿속이 터져 버리지 않은 게 이상할 정도였다.

'네가 돼지야? 앙? 산만큼 살찐 돼지냐고! 어쩐지 힘이 너무 거대하다 했어.'

조운학은 깨달았다.

현현천황기를 뜻대로 움직이려면 그만큼의 바탕이 필요하다는 것을.

자신이 손바닥이라면 현현천황기는 거대한 돌덩어리였던 것이다. 그렇기에 그저 버티고만 있는 게 한계였다.

이 거대한 돌덩어리를 마음대로 가지고 놀기 위해서는 손바닥을 더욱 크고 강하게 만들어야만 했다.

솔직히 지금 자신이 현현천황기라는 거대한 돌덩어리를 만들어 낸 것만 해도 엄청난 일이었다.

이 정도라면 저 전설의 신화경에 올라야만 다룰 수 있는 힘이었던 것이다.

그럼에도 조운학이 현현천황기를 완성시킬 수 있었던 건, 그의 신체가 신화경에 오른 자만이 완성할 수 있다는 천인합일에 이르러 있었기 때문이다.

마림평에서 절대지경에 오르고 탈태환골 한 후에도 마단의 힘과 내부의 힘이 어우러져 신체를 천인합일이라는 전대미문의 경지로 올려 버린 것이다.

그때까지만 해도 조운학은 그걸 알아차리지 못했었다. 그러다 기매하와의 싸움에서 천황멸진백옥장을 완성한 후에야 자신의 신체가 무언가 다르다는 걸 깨달았다.

천황멸진백옥장은 솔직히 될 대로 되라는 심정으로 현현진결과 천황기, 그리고 멸진백옥장을 합친 것이다.

한데, 자신의 신체는 그 힘을 자연스럽게 받아들였고, 천황멸진백옥장이 완성되어 버렸다. 만약 천인합일한 신체가 아니었다면 내부가 그대로 터져 버렸을 게 분명했다.

즉, 천황멸진백옥장은 천인합일한 신체가 우연히 만들어 낸 결과물이었던 것이다.

절대지경의 깨달음과 신화경의 육체. 그로 인해 완성된 천황멸진백옥장.

 그렇기에 절대지경의 극에 이른 기매하가 창안한 음양무적강기가 밀려 버린 것이다.

 물론 천황멸진백옥장에는 단점도 있었다. 내공의 소모가 너무도 막대해 단 일 각 정도밖에 펼치지 못한다는 것이다.

 이 또한 조운학이 신화경에 오르면 사라질 단점이었으나 요원하기만 했다. 더욱이 지금은 천룡지기의 유입과 멸진백옥장의 반항으로 인해 펼치지도 못하고 있었다.

 어쨌든 천인합일한 신체의 효능은 그뿐만이 아니라 참으로 무궁무진했다.

 지금 조운학에게는 수많은 효능이 담겨 있는 신묘무비한 신검이 한 개 쥐어져 있는 셈이다.

 문제는 아직 조운학이 이 신검에 무슨 효능이 있는지 전혀 파악하지 못하는 데 있었다.

 신검을 휘두를 수는 있으나 효능은 단 한 가지도 사용하지 못하는 것이다.

 조운학이 신검의 효능을 알기 위해서는 전설의 신화경에 올라야만 했다.

 하지만 아직까지 그 경지는 아득하기만 하다.

 조운학은 지금의 성취로는 조금 전에 완성한 현현천황기를 뜻대로 움직이기 어렵다는 걸 알아차렸다.

그는 솔직히 어이없기도 했다.

'절대지경이 어디 애 이름인 줄 알아.'

정말로 갖은 고생과 죽을 고비를 넘긴 끝에 절대지경을 이룰 수가 있었다. 그런 과정을 거치고서도 절대지경에 오르지 못한 고수들도 부기지수였다.

오죽하면 천하에 헤아릴 수 없을 정도로 수많은 무인들 중 절대지경에 오른 고수는 다섯 손가락 안에 들 정도에 불과하겠는가.

또한, 그런 고수들 중 대부분이 일 갑자가 넘는 나이의 노고수들이었다.

조운학을 제외하고 젊은 나이에 절대지경에 오른 무인은 화광무가 유일했던 것이다.

"이번에는 성공할 줄 알았는데……."

조운학은 땅이 꺼져라 한숨을 쉬었다. 방법을 찾았다고 생각했는데 이 또한 헛수고였던 것이다.

그는 현현천황기를 다시 본래의 힘으로 분리시키려고 했다.

그때, 그가 생각지도 못한 일이 벌어졌다.

'이, 이거 왜 이래…….'

현현진결과 천황기가 서로 떨어지려고 하지 않았던 것이다. 조운학으로서는 기겁할 만한 일이었다.

'야, 야! 너희들… 이러지 않았잖아.'

내공의 뿌리인 현현진결과 호신지기와도 같은 천황기가 현현천황기로 계속 남아 있는다면 문제는 심각했다.

아직까지 뜻대로 움직이지 못하는 현현천황기였다. 이게 이대로 계속 남아 있으면 제대로 무공을 펼치지 못할 게 분명했다.

'크, 큰일이잖아.'

조운학은 어떻게든 현현천황기를 다시 현현진결과 천황기로 나누기 위해 노력했다.

한데, 현현천황기는 지금의 상태가 마음에 드는 듯 계속해서 거부했다. 마치 너무 많이 먹는 바람에 배가 산만큼 커져 움직이기 싫어하는 것 같았다.

'이것들이 진짜 번갈아 가면서 속을 썩이네……'

그렇다고 이대로 포기할 수는 없었기에 조운학은 계속해서 운기를 하며 현현천황기를 도로 둘로 나누기 위해 사력을 다했다.

하지만 별다른 차도가 없었고, 현현천황기를 나누려고 하면 할수록 오히려 힘이 서서히 커지는 것만 같았다.

'이러다가… 터지는 거 아냐?'

만약 현현천황기가 폭주하거나 터져 버리거나 한다면 조운학의 목숨도 그대로 끝이었다. 설사 몸이 버틴다 할지라도 내부의 중요 장기 중 한 개라도 잘못되어 버리면 살 수가 없었다.

사실 현현천황기는 한 식경 정도가 지나면 자연스럽게 다시 현현진결과 천황기로 나뉘진다.

현현진결이 바다라면 천황기는 강이라고 볼 수 있었다. 현현천황기란 결국 현현진결이라는 바다와 천황기라는 강이 서로 합쳐진 것이다.

그 때문에 바다는 점점 불어나고 있었다. 이걸 가만히 내버려 두면 결국은 넘쳐흐르기 마련이었다.

그렇게 되면 현현진결이라는 바다는 천황기라는 강을 더 이상 받아들이지 않게 중간에 둑을 쌓게 된다. 자연스럽게 다시 나뉘게 되는 것이다.

한데, 그걸 알아차리지 못한 조운학은 현현진결이라는 바다와 천황기라는 강을 억지로 차단시키려고 했고, 그만 둑을 무너뜨리고 말았다. 그렇다 보니 오히려 바다가 넘쳐흐르고 있는 것이다.

'무슨 이런 지랄 같은……'

조운학은 황당하다 못해 실소마저 흘러나왔다.

이렇듯 계속 상황이 자신의 뜻과는 다르게 돌아가자 슬슬 오기가 치밀기 시작했다.

'이것들이 한번 해보자는 거지? 내가 계속 오냐오냐하니까 바보로 보여? 그래, 죽자. 다 죽어 보는 거야.'

그는 한 가닥 남아 있던 이성이 뚝 끊어지는 걸 느꼈다.

한두 번도 아니고 계속해서 끌려다니기만 하니 이제는 될

대로 되라는 심정이었다.

'터져 봐. 그래 터져 버려.'

조운학은 눈을 꼭 감은 채 현현천황기를 분리시키기 위한 노력을 멈추지 않았다.

현현천황기의 힘이 시간이 지날수록 눈에 띄게 커져 갔지만 신경 쓰지 않았다.

이런 조운학의 광기 어린 집념을 알아차렸는지 조용히 지켜보던 멸진백옥장이 슬그머니 다가왔다.

멸진백옥장은 안절부절못하는 듯했다. 이대로 가만히 지켜만 보다가는 큰일이 난다는 걸 알기 때문이다.

현현천황기의 힘이 계속 커지고, 조운학의 몸도 이변을 나타내기 시작했다. 핏줄이 툭툭 튀어나오고 뼈가 기묘하게 어긋나기 시작한 것이다. 거기에 코피도 흘러내렸다.

그럼에도 조운학은 한 치의 양보도 없었다. 마치 다 같이 죽자는 듯한 기세였다.

멸진백옥장은 어쩔 수 없이 현현천황기와 합치기 위해 다가왔다.

바로 그때였다. 돌연 천룡지기가 멸진백옥장과 그대로 합쳐 버리는 것이 아닌가.

지금까지는 멸진백옥장이 필요할 때 합쳤는데 이번에는 천룡지기가 자발적으로 합쳐 버린 것이다.

두 기운이 합쳐진 힘은 그대로 현현천황기를 향해 돌진해 버렸다. 그러고는 커져만 가던 현현천황기에 쏙 들어가는 것이 아닌가!

 그건 태풍처럼 넘실거리던 거대한 바다에 용이 한 마리 강림한 거나 마찬가지였다.

 이윽고 용은 한 차례 포효와 함께 눈부신 낙뢰를 떨어뜨렸다. 그 낙뢰는 바다와 강을 일직선으로 갈라 버렸다. 현현진결과 천황기의 힘을 그대로 나눠 버린 것이다.

 그러자 현현진결과 천황기가 서로 갈라졌고, 멸진백옥장과 천룡지기도 튕기듯이 도로 튀쳐나왔다. 마지막으로 이 4개의 기운은 언제 그랬냐는 듯이 본래의 흐름대로 움직이기 시작했다.

 현현진결은 단전을 다시 안정되게 만들었고, 천황기는 현현천황기가 폭주함으로써 입은 내상을 치료했다.

 그에 반해 멸진백옥장은 늘 곁에 두던 천룡지기를 처음으로 약간 거리를 둔 채 지켜보는 듯했다. 조금 전에 천룡지기가 자신을 흡수한 것에 대해 놀라고 있는 것이다.

 천룡지기는 언제 그랬냐는 듯이 늘 그랬던 것처럼 자유분방하게 움직이고 있었다.

 그렇게 반 시진이 더 흐른 후에야 조운학은 눈을 떴다. 이상하게 그의 눈빛은 멍하기만 했다.

 조운학은 잠시 그 자리에 조용히 서 있다가 밖으로 걸음을 옮겼다.

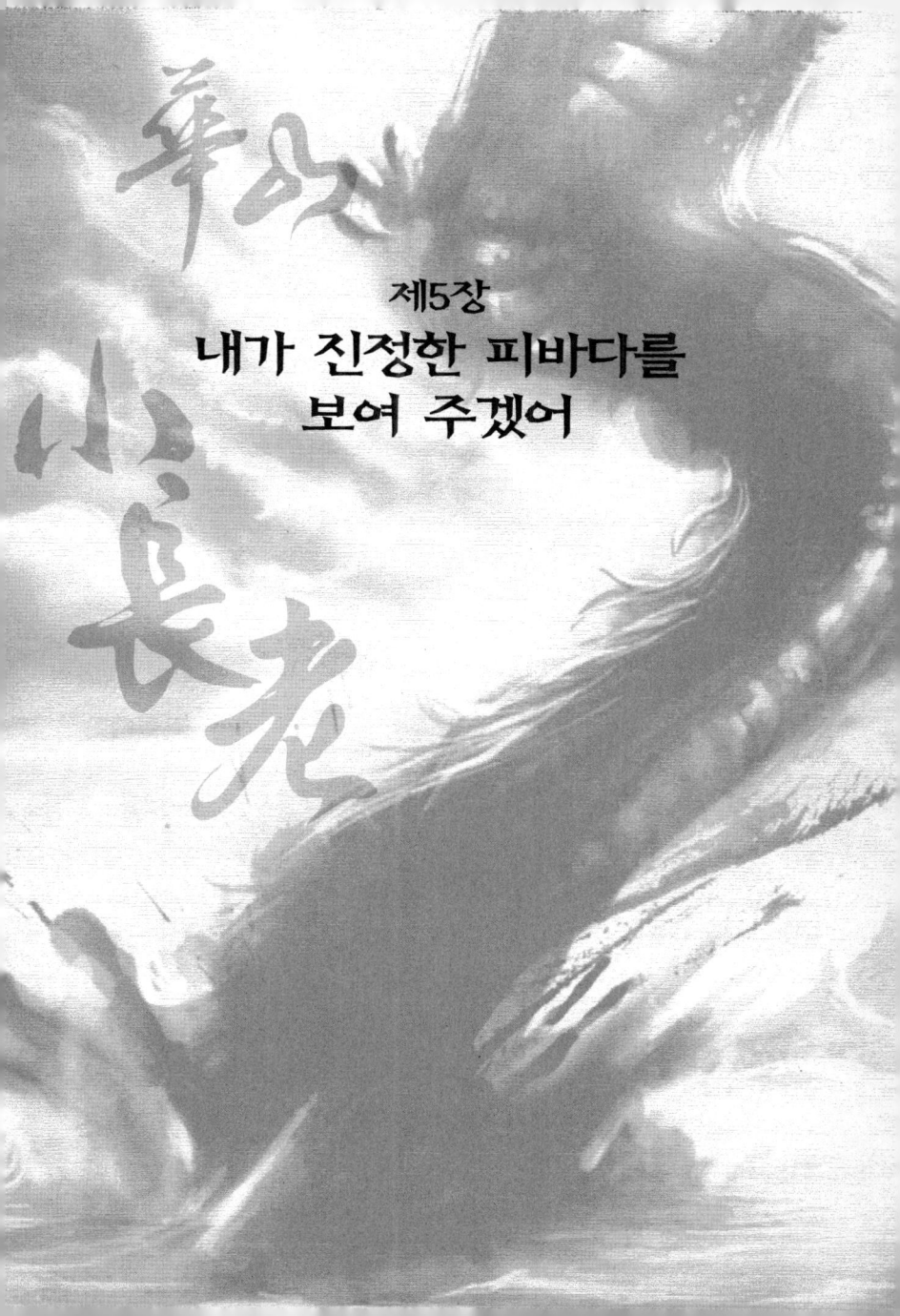

제5장
내가 진정한 피바다를
보여 주겠어

"감히 발을 밟아."
"누가 밟히래?"
"이놈! 감히 삼대 제자 주제에."
"그래서 어쩌라고?"
"버릇을 고쳐 주마."
"어디 해 봐."

오늘도 영웅대전을 벌이던 제자들끼리 다툼이 벌어졌다. 한 제자가 실수로 다른 조원의 제자의 발을 밟은 게 그 이유였다.

두 제자간의 다툼은 이내 싸움으로 변했고, 같은 조원들이 속속 합류하면서 난투극으로 발전했다.

거기에 별 상관이 없었던 다른 조원들마저 괜한 시비를 걸며 난투극에 합류했다.

이미 제자들에게는 같은 조원들을 제외하고는 모두 쓰러뜨려야 할 적이었던 것이다.

"며칠 굶으니 보이는 게 없지?"

"내일 영웅대전에 참가하지 못하게 만들어 주마."

"어쭈, 피해?"

고함과 호통 소리가 울려 퍼지고 시간이 지날수록 난투극은 극에 달했다.

그때 한 제자가 등 뒤에서 누군가 다가오는 기척을 느끼고는 재빨리 신형을 돌리며 주먹을 뻗었다.

주먹은 정확히 상대의 얼굴을 퍽! 하고 강타했다.

입가에 회심의 미소를 짓던 제자는 문득 상대방의 얼굴을 발견하고는 두 눈을 부릅떴다.

"조, 조 장로님!"

조운학이 자신의 주먹에 얼굴을 맞은 것이다.

그리고 이런 제자의 외침에 난투극을 벌이던 제자들이 하나둘 멈추기 시작했다. 그들의 시선이 일제히 조운학에게 향했다. 제자들의 눈빛은 복잡했다.

그런데 조운학의 표정은 어딘가 멍했다. 이곳이 어딘지도 모르는 듯이 천천히 주변을 두리번거리는 것이 아닌가.

그때, 그의 코밑으로 무언가가 흘러내렸다. 조금 전의 일격으로 인해 코피가 나는 것이다.

 조운학은 그걸 느낀 듯 손을 들어 코밑을 스윽 닦았다. 그리고 피가 묻은 손을 바로 눈앞에 두더니 가만히 바라봤다.

 잠시 숨 막히는 듯한 정적이 흐른 후, 조운학은 돌연 실소를 터트리기 시작했다.

 "크큭… 크크큭… 우하하하하!"

 실소는 금세 앙천광소로 변해 버렸다. 조운학은 말 그대로 미친 듯이 웃기 시작했다. 모르는 사람이 보면 실성했다고 생각할 정도였다.

 그곳에서 누구보다 빠르게 반응하는 사람이 있었다. 바로 상유란과 서문단려였다.

 두 소녀는 조운학이 웃음을 터트리자 그 자리에서 바로 줄행랑을 쳐 버렸다. 그건 마령도 마찬가지였다. 은밀하게 지켜보고 있던 그녀는 최대한 은밀히 몸을 감췄다.

 세 사람은 알고 있었다. 곧 무서운 일이 벌어지리라는 것을. 오랜 시간동안 조운학과 함께 지내 온 그들은 알아차렸던 것이다.

 이윽고 그런 세 사람의 우려대로 사달이 벌어졌다.

 조운학의 웃음소리가 어느 순간 뚝 그쳐 버리더니 탄식하듯이 읊조렸다.

 "나 오늘 죽을 뻔했어……."

 그는 정말로 슬픈 표정을 지었다.

이어 제자들을 향해 피가 묻은 손을 척 하니 보여 주며 말했다.

"그런데 네놈들이 또 피를 보게 만들어? 앙? 왜? 왜!"

조운학의 두 눈에 광기가 어렸다.

"내가 진정한 피바다를 보여 주겠어. 진정한 피바다를!"

조운학의 피 묻은 주먹이 제자의 배속을 꿰뚫어 버릴 듯이 박혔다.

"크헉!"

곧이어 상체가 기이하게 꺾인 제자의 등을 내리쳤다. 제자는 그대로 바닥에 처박혀 버렸다.

조운학은 그 뒤로 나자빠진 제자의 몸을 인정사정없이 밟기 시작했다.

퍼퍼퍼퍼퍼퍽!

"크아아악!"

제자는 연신 비명을 질러 댔다.

이윽고 조운학의 시선이 다시 제자들에게 향했다.

그 순간 제자들은 일제히 뒤로 물러섰다. 왜 뒤로 물러섰는지, 왜 전부 같은 행동을 했는지는 누구도 몰랐다.

하지만 그들은 오싹한 무언가를 느낄 수 있었다. 마치 바로 앞에 거대한 맹수가 존재하는 듯한 압박감, 위험을 예감하는 불길한 느낌이었다.

그들의 눈빛이 흔들렸다 싶은 순간, 조운학의 신형은 마치 땅바닥으로 꺼지듯이 사라졌다.

그리고 제자들에게 악몽이 시작되었다.

"크아악!"

"사, 사람… 살… 으악!"

제자들이 비명을 지르며 허공을 비상하기 시작했다. 추풍낙엽이 따로 없었다. 그들이 아무리 사력을 다해 저항하고 도망치려고 해도 소용없었다. 조금이라도 정신을 놓으면 여지없이 조운학에게 얻어맞고 쓰러졌다.

"도, 도망쳐!"

"어서!"

결국 제자들은 사방으로 도망치기 시작했다.

하지만 조운학은 집요했다. 그런 제자들을 뒤쫓으며 한 명씩 쓰러뜨렸다.

그리고 도망친 제자들은 조운학에게서 더 많이 두들겨 맞아야 했다.

잠시 후, 모든 제자들이 쓰러졌다.

주위는 이미 쓰러진 제자들로 가득 찼다. 하나같이 고통에 가득 찬 비명을 흘리고 있었다.

그러나 조운학은 아직 만족하지 못했다. 그의 신형이 유령처럼 사라졌다.

'들키면 안 돼……. 들키면 안 돼…….'

재빨리 도망친 상유란과 서문단려와는 달리 마령은 그 자리에서 은신했다.

완벽하게 자연과 동화된 채 자신의 모든 인기척을 지운다. 그녀는 전력을 다해 만화은신사형을 펼치고 있었다.

'아직 불안해…….'

그럼에도 마령은 금방이라도 조운학이 자신을 찾아 낚아챌 것만 같았다.

'좀 더 깊숙이… 좀 더 은밀하게…….'

이런 절박함이 그녀를 점점 무념 상태로 빠져들게 했다. 만화은신사형의 요체가 절로 떠올랐다.

은신의 신묘함은 날카로움에 있나니, 한 줄기 차가운 빛이 어둠속에 파고들었다 사그라지는 것처럼 우선 잡된 생각을 의심으로 쓸어 내라. 천 길 절벽에서 비로소 손을 놓을 때 대지와 허공이 한꺼번에 사라지리라. 오가는 모든 길엔 그림자가 있듯이 은신을 한다는 건 부류 따라 노닐며 바람처럼 지나는 것과 다를 바 없다.

물 다하고 산 또한 끝난 곳에 물도 없고 산도 없는, 산은 산, 물은 물이로다.

'아…….'

마령은 알 수 있었다.

 결국 은신이란 주위로 일체가 되는 것이다. 먼저 자신이 주위의 자연을 의심치 않고 온몸으로 받아들일 때, 자연 또한 자신을 환대한다는 것을 알 수 있었다.

 그녀는 자신도 모르게 읊조렸다.

 "나는… 자연인이다."

 "지랄하네."

 "헉!"

 마령의 두 눈이 부릅떠졌다. 동시에 그녀의 은신도 깨어졌다.

 조심스럽게 고개를 돌린 그녀는 조운학이 바로 자신의 뒤에 있다는 걸 알 수 있었다. 마령은 본능적으로 도망치려고 했다.

 하지만 미처 몸을 움직이기도 전에 조운학의 손이 목을 움켜잡았다.

 "컥!"

 마령은 눈앞이 캄캄했다.

 "내가 아직 분이 안 풀렸거든. 그러니 너도 오랜만에 좀 맞자."

 조운학의 다른 손이 치켜 올라갔다.

 그런데 바로 그때였다.

 누군가 달려오는 소리가 들리더니 상유란과 서문단려가

처음 도망치던 장소에서 약간 떨어진 곳에 다시 모습을 드러냈다.

조운학의 얼굴에 의아함이 어렸다. 지금쯤 열심히 도망치고 있을 거라고 생각했던 두 제자가 다시 돌아온 것이다.

다만 마령은 그 이유를 알겠다는 듯이 이런 와중에도 입가에 묘한 미소를 머금었다.

그리고 조운학의 의문은 상유란이 풀어 줬다.

잠시 숨을 헐떡거리던 그녀가 갑자기 머리를 감싸며 주저앉은 뒤 비명을 질렀기 때문이다.

"으악! 다시 돌아왔다!"

"하필… 유란이의 뒤를 쫓다니……."

서문단려도 거친 숨을 내쉬며 머리가 아픈지 손으로 이마를 짚었다.

조금 전 두 사람은 상유란이 앞장선 채로 정신없이 도망쳤다.

그런데 급한 나머지 상유란이 길치라는 걸 깜빡해 버렸다. 그 때문에 주변을 한 차례 빙 돌아서 다시 본래의 자리로 돌아온 것이다.

상유란은 이왕 이렇게 된 거, '에라, 모르겠다!' 하는 심정으로 당당하게 말했다.

"사부님, 저 다시 도망갈게요."

"……."

상유란은 대답을 기다리지 않고 다시 신형을 돌리고는 냅다 달려 나갔다.

"사부님, 전 유란이 뒤를 쫓아왔을 뿐이에요. 그러니 계속… 하던 일 보세요."

서문단려는 억울하다는 듯이 말한 뒤 상유란의 뒤를 따랐다. 그러면서 말했다.

"내가 앞장설게!"

"알았어!"

두 소녀는 아무렇지도 않게 도망치려고 했다.

하지만 그걸 두고 볼 조운학이 아니었다.

"한 걸음씩 옮길 때마다 열 대다."

상유란과 서문단려의 움직임이 거짓말처럼 멈췄다.

조운학은 마령의 목을 잡았던 손을 풀며 품속에서 곰방대를 꺼내 들었다. 이어 연초를 넣고 열화석으로 불을 붙였다. 마지막으로 곰방대를 한 모금 빤 뒤 연기를 후~ 하고 내뿜었다.

그는 느긋하게 말했다.

"왜? 계속 도망쳐 보지?"

상유란과 서문단려는 머쓱한 표정으로 신형을 되돌렸다.

"도, 도망치다니요……."

"사부님이 바쁘실까 봐 피해 드리려고……."

조운학은 우물쭈물거리는 두 제자를 잠시 바라보다 갑자

기 크게 하품을 했다.
"하암, 피를 봐서 그런가……. 조금 피곤하군."
상유란과 서문단려의 시선이 그런 조운학의 뒤로 향했다.
수십 명에 달하는 제자들이 모두 쓰러져 있었다. 신음 소리가 여기저기서 흘러나오고, 아직도 고통에 몸부림치는 제자도 있었다. 실수로 조운학의 코피를 터트린 대가였다.
'아무리 그래도 고작 코피 한 번 난 걸로 저토록 인정사정 없이 두들겨 패다니…….'
'일부러야. 사부님, 화풀이하시려고 일부러 맞으신 게 분명해.'
상유란과 서문단려는 어이가 없었지만 감히 내색치 못했다.
조운학은 그 자리에 주저앉았다. 하지만 뭐가 마음에 안 드는 듯 여기저기에 시선을 던지다 다시 몸을 일으켰다.
이어 쓰러져 있는 제자들을 한 명씩 끌고와 서로 포개기 시작했다. 주로 기절한 제자를 찾았는데 신음을 흘리는 제자가 있으면 일부러 때려서 기절시키기도 했다.
상유란과 서문단려는 대체 조운학이 무엇을 하는지 몰라 가만히 지켜봤다. 이윽고 대여섯 명의 제자들이 차례대로 포개졌고 조운학은 다시 주저앉더니 몸을 뒤로 기댔다.
"아… 조금 편하군."
두 소녀는 그제야 조운학이 제자들을 등받이로 삼기 위해 포갰다는 걸 알아차렸다.

'사부님… 너무 사악해.'

'너무 불쌍하잖아…….'

조운학은 편하게 등을 기대앉은 채 곰방대를 피웠다. 그리고 두 제자를 비롯해 마령을 차례대로 바라보더니 말했다.

"다시 움직이려니 왠지 흥이 깨졌고……. 좋아, 오랜만에 너희들이 얼마나 열심히 수련했는지 알아보도록 하지."

"……."

"자, 시작."

이런 조운학의 말에도 상유란과 서문단려를 비롯해 마령은 그저 두 눈을 깜빡거리며 멀뚱히 서 있었다.

조운학의 눈썹이 살짝 치켜 올라갔다.

"셋 헤아릴 때까지 싸우지 않으면 내가 직접……."

그의 말이 끝나기가 무섭게 마령은 사라졌다.

그녀의 신형이 흐릿하게 사라지는가 싶더니, 이내 서문단려의 지척에 불쑥 나타나 손을 내밀어 어깻죽지를 공격했다.

서문단려는 놀라며 빠르게 뒤로 물러섰다.

"마, 마령 언니!"

"미안."

마령은 쾌속으로 따라붙었고, 두 손이 현란하게 움직였다.

서문단려는 사력을 다해 막았으나 빠르게 흐트러지고 있었다.

그때, 상유란이 마령을 향해 쇄도했다.

그녀의 움직임은 눈부실 정도로 빨랐다. 단 두어 번의 발놀림과 동시에 목검은 어느새 마령의 가슴에 닿아 있었다.

"먼저 마령 언니부터."

"치사해."

마령이 신형을 비틀었다. 그러자 상유란의 검이 아슬아슬하게 비껴 지나갔다.

"합공해서 강한 사람부터 쓰러뜨리는 건 싸움의 기본이에요."

"맞아!"

서문단려가 맞장구를 치며 목검을 휘둘렀다. 마령은 두 소녀의 합공을 피하며 뒤로 물러섰다.

그러다 밑에 떨어져 있는 목검을 발끝으로 가볍게 차올려 손으로 잡았다. 그리고 연이어 덮쳐드는 검을 막았다.

서로의 검이 허공에서 강하게 격돌했다.

쾅! 하는 소리와 함께 마령의 신형이 아주 잠깐 흔들렸다.

상유란과 서문단려는 몸을 웅크린 채 검을 통해 덮쳐 오는 반발력을 이용해 허공으로 치솟았다.

이어 두 소녀의 몸은 다시 아래로 떨어졌고, 웅크리고 있던 몸이 펼쳐진 것도 바로 그때였다. 동시에 벼락같이 허공에 일검을 그었다.

 둘의 움직임은 한 치의 흐트러짐도 없이 일치했고, 마령은 급히 좌측으로 몸을 날리고서야 간신히 공격을 피할 수 있었다.

 상유란과 서문단려는 연이어 목검을 펼쳤다.

 지금까지의 수련 때문일까. 이상하게 전신에 힘이 넘쳐났고 정신이 맑았다. 내부의 힘이 자신의 의지대로 움직이는 것 같았다.

 강맹한 힘이 담긴 목검이 마령을 향해 덮쳐들었다.

 그러자 마령은 유령처럼 사라졌고, 다시 나타난 곳은 바로 상유란의 뒤였다.

 순간 마령의 목검이 번쩍였다.

 그러나 상유란은 뒤도 안 돌아보고 검을 기묘하게 움직여 막았다. 하지만 마령의 검에서 뿜어져 나오는 힘을 이기지 못한 상유란은 허공에서 머리를 밑으로 두고 떨어졌다.

 그렇게 막 땅바닥에 머리를 부딪치려던 상유란의 한쪽 손을 서문단려가 잡아 일으켰다.

 마령이 그런 서문단려를 향해 번개같이 목검을 뻗었다.

 서문단려는 간신히 막았지만 뒤로 주르르 밀려 나갔다.

 이어 마령이 노린 건 상유란이었다.

 상유란의 눈동자에 마령의 모습이 빠르게 커졌다.

 "헉!"

상유란은 급히 신형을 뒤로 튕기며 거리를 벌렸다.

 하지만 마령의 신형이 쭉 늘어나는가 싶더니 어느새 바짝 달라붙었다. 순간 마령의 목검이 번쩍하며 뇌전 같은 속도로 위에서 아래로 공간을 갈랐다.

 콰앙!

 상유란은 간신히 목검으로 막았으나 그 충격에 금방이라도 쓰러질 듯이 휘청거렸다.

 이어 마령의 좌장이 그런 상유란의 옆구리를 강타했다.

 "크윽!"

 상유란의 신형이 옆으로 주르르 밀려 나갔다.

 이어 마령이 던진 목검이 상유란의 가슴을 그대로 꿰뚫을 듯이 쏘아져 나갔다.

 상유란의 눈빛에 암담함이 어렸다.

 바로 그 순간 그녀의 앞을 막아선 사람이 있었으니, 바로 서문단려였다.

 그녀는 목검을 기묘하게 휘둘러 쏘아 오는 목검을 감싸더니 그대로 내쳤다. 그러자 목검이 다시 마령을 향해 회전하며 날아갔다.

 마령이 그 목검을 받을 때 상유란과 서문단려의 눈빛이 서로 뒤엉켰다. 두 소녀는 그 짧은 순간 무언의 대화를 나눈 듯 미약하게 고개를 끄덕였다.

 곧이어 상유란과 서문단려의 신형이 기묘하게 움직이더니

동시에 마령을 향해 목검을 뻗었다.
  마령은 절묘하게 움직여 목검을 피했다.
  그러나 그건 시작에 불과했다. 그 뒤로 두 소녀는 서로 연계해 옥녀금침십삼검의 검초를 펼쳤다.
  이제 상유란과 서문단려의 옥녀금침십삼검의 성취는 9성에 다다라 있었다. 그렇기에 옥녀금침십삼검의 검초는 신랄하기 짝이 없었다.
  그래서인지 마령은 단 한 번도 공격하지 못하고 분분히 피하기만 했다.
  상유란과 서문단려는 더욱 공격에 불을 붙였다.
  그러던 어느 순간, 서문단려는 한 줄기 서늘한 기운을 느끼고는 재빨리 신형을 옆으로 움직였다.
  파앗.
  그 순간 마령의 목검이 아슬아슬하게 그녀의 왼쪽 어깨를 스쳐 지나갔다. 단지 그것뿐인데도 시큰한 고통이 느껴지고, 왼쪽 팔을 제대로 움직일 수가 없었다.
  "위험……!"
  경고의 외침을 터뜨리기도 전에 상유란은 마령의 다리에 오른쪽 허리를 강타당한 채 옆으로 나가떨어졌다.
  "미안하지만, 이제 끝내자."
  마령이 움직였다. 목검은 어느새 서문단려의 가슴팍에 닿았다.

"헉!"

서문단려는 재빨리 상체를 뒤로 젖혔다. 스치지도 않았는데 가슴팍이 따끔한 게, 능히 그 기세를 짐작할 수 있었다.

그리고 미처 자세를 바로잡기도 전에 마령의 공세가 폭발하듯 계속되었다.

그렇게 시작된 마령의 공격은 실로 가공지경이었다.

목검이 연신 허공을 꿰뚫었고, 서문단려는 계속해서 뒤로 밀리고 있었다. 하나, 방어하는 것도 여의치 않은 듯 벌써 전신 곳곳에 타격을 당했다.

서문단려는 허리를 노리며 쏘아 온 공세를 간신히 흘리며 입술을 깨물었다.

'이대로는……'

나름대로 한 걸음 앞을 생각하고 몸을 움직이면, 마령은 먼저 두세 걸음 움직여서 기다리고 있는 것 같았다. 그럼에도 서문단려는 포기하지 않고 오히려 방어 일변도로 나갔다.

'역시……'

마령은 내심 감탄했다. 처음에는 피하기만 하다가 가끔 한두 대 두들겨 맞던 서문단려가, 이제 서서히 자신의 움직임을 따라오고 있었다.

그러다 가끔씩 절묘한 반격을 가하는데, 방심했다면 몇 번이나 전세가 뒤집혔을 법한, 대단한 것이었다.

마령은 절로 흥이 나는 걸 느꼈다. 더욱이 지금까지 조용한 상유란을 살짝 보니 무언가를 준비하고 있었다. 그것이 더욱 그녀의 흥미를 자극했다.

'좋아.'

그때 마령의 신형이 빨라졌다.

'응?'

서문단려의 눈이 커졌다. 이제야 마령의 움직임을 잡았다 싶었는데, 더 이상 시야에 잡히지 않았다.

그리고 갑자기 등허리를 강타하는 힘에 서문단려는 자신도 모르게 신음성을 터뜨리며, 재빨리 신형을 회전시켜 사방을 살폈다. 하지만 마령은 보이지 않았다.

그때 위에서 떨어지는 가공할 공세를 느낀 그녀는 쏜살같이 앞으로 몸을 던졌다. 이 방법 말고는 도저히 피할 방도가 생각나지 않았기 때문이다.

그대로 땅바닥과 충돌한 서문단려는 고통을 느낄 새도 없이, 왼손으로 땅바닥을 내리쳐 그 반동으로 신형을 바로 세웠다. 다음 공세에 대비한 것이었다.

"느려."

하나, 뒤에서 들려오는 음성은 쇠뭉치로 우측 어깨를 내리치는 듯한 충격과 함께 서문단려의 귀로 파고들었다.

어느새 그녀의 뒤에 자리를 잡고 있었던 것이다.

'도대체가!'

그 충격을 무시하고 번개같이 신형을 돌렸으나 시야에 들어오는 건 허공뿐, 마령은 흔적조차 찾을 수 없었다.

'만화은신사형? 아냐, 단지 내가 알아차리지 못하는 사각지대로 계속 움직이는 거야.'

바로 그 순간, 서문단려는 왼쪽에서 섬뜩한 무언가가 덮쳐 오는 것을 느끼고는 급히 신형을 멈췄다.

파앗! 하는 소리와 함께 무언가 날카로운 것이 아슬아슬하게 스쳐 지나갔다.

그것이 시작이었다. 목검이 허공 여기저기에서 나타나 계속해서 덮쳐들었다.

서문단려는 당황하면서도 구궁보를 펼치며 현란하게 움직이기 시작했다.

그녀는 목검에 힘을 집중한 뒤 옆에서 쏘아져 오는 공격을 그대로 쳐 냈다. 그러자 마치 바위에 부딪히는 듯한 충격이 느껴졌다. 하마터면 검을 놓칠 뻔했다.

날카롭다. 거기에 위력도 강했다. 또한, 아직도 마령의 기척을 찾지 못한지라 공격을 알아차리기가 쉽지 않았다.

'그럼 이제 어떻게 한다?'

서문단려는 조금이라도 정신을 놓으면 마령의 목검에 당할 것 같은 긴박한 상황에도 여유를 잊지 않고 있었다.

지금까지의 수련에서 느끼고 몸으로 체득했던 공포에 비교하면 이건 애교에 불과했다.

상대가 보이지 않았다. 아니, 자신이 보지 못하고 있었다. 모든 경계를 개방하였음에도 소용없었다. 마치 그 자리에서 사라진 것만 같았다.

그러나 여기저기서 목검이 계속 공격해 왔다. 그것도 일정한 방향이 아닌 전후좌우에서였다.

그렇다면 우선 상대를 찾아야 한다.

어떻게 찾을까. 무분별하게 공격을 퍼부을 수는 없는 노릇이다.

상대는 어찌 되었건 주위에 있었다. 또한 허공에 뜬 채 공격하고 있지도 않을 것이다.

서문단려는 경계를 펼쳤다.

지금까지의 수련으로 경계의 범위도 더욱 넓힐 수 있었다. 이제 자신을 중심으로 6장 정도였다.

그 경계에 온 정신을 집중했다. 목검이 덮칠 때에도 최소한으로 방어한 채 움직이지 않았다.

서문단려가 마령을 상대하고 있을 때 거리를 두고 있던 상유란은 전력을 다해 혼천광마신공을 일으키고 있었다.

그녀의 숨소리는 서서히 사라지고, 매끄럽기는 하나 스스로 호흡의 의식이 남아 있는 상태로 들어갔다. 바로 여기서 천황기의 힘을 일으켰다.

초연일검결을 펼치기 위해서는 이 두 가지 힘을 서로 합쳐야 하기 때문이다.

물론 혼천광마신공만으로도 초연일검결을 펼칠 수가 있었다. 오히려 천황기를 합쳤을 때와 다르게 빠르게 펼치는 게 가능했다.

하지만 그 위력은 천황기를 합쳤을 때와 비교하면 하늘과 땅 차이였다.

상유란과 서문단려는 합공을 해도 마령을 쓰러뜨리지 못함을 알고 있었다.

그렇다면 다른 방법이 필요했다. 마령이라도 쓰러질 수밖에 없는 회심의 일격, 바로 초연일검결이었다.

그래서 두 소녀는 그 짧은 순간에 의견을 교환했다. 서문단려가 마령를 상대하는 동안 상유란이 초연일검결을 펼쳐 공격하기로 말이다.

하지만 완벽한 초연일검결을 펼치려면 시간이 필요하기에 그때까지 서문단려가 마령의 시선을 잡아야만 했다.

이윽고 두 가지의 힘이 자연스럽게 서로 합쳐졌다. 마지막으로 떠오르는 건 초연일검결의 요체.

눈이 보고 있는 거리. 상대와 자신과의 짧고도 넓은 거리. 그건 점과 점, 선과 선으로 이어져 있는 거리다. 하늘을 꿰뚫는 섬광. 적과 나 사이의 거리가 아무리 떨어져 있어도 일수유에 없애 버리는 빠름이 있어야 가능하다. 그러니 그대의 검을 이슬처럼 사라지는, 그림자처럼 사라지는 빛으로

여겨라.

 상유란은 손에 쥔 검을 천천히 앞으로 찔렀다. 누가 봐도 한심할 정도로 느린 속도였다. 마치 보이지 않는 무언가를 밀어내듯 힘겨워 보였다.
 그러던 어느 순간, 검이 미묘한 떨림을 일으켰다. 처음에는 미약했으나 이내 우우웅! 하는 소리가 울릴 정도로 크게 변했다.
 상유란은 자신의 내공이 썰물이 빠지는 것처럼 모조리 나무 막대기에 집중되는 걸 느꼈다. 마치 엄청난 물을 막고 있던 둑이 무너진 듯했다.
 '크윽, 버티는 거야!'
 상유란은 그 내공이 모두 사라지지 않게 하기 사력을 다해 제어했다. 지금 펼치려는 초연일검결은 예전과는 달랐기에 그녀는 온 정신을 집중하고 있었다.
 이렇듯 상유란이 회심의 일격을 준비하는 동안 서문단려는 자신의 경계에 무언가 감지되는 걸 알아차렸다.
 그 순간 그녀의 반응은 놀라울 정도로 빨랐다. 극성으로 펼친 구궁보로 인해 그곳에 순식간에 쇄도했던 것이다.
 서문단려의 목검에는 천지일기공의 모든 힘이 실린 듯, 우우웅 하는 기묘한 떨림과 함께 희뿌연 기류가 스멀스멀 흘러나왔다.

"헉."

 허를 찔렸다고나 할까. 아니, 약간의 방심을 보인 마령은 온몸을 옭아매며 덮쳐드는 서문단려의 공세에 기겁하며 다급히 신형을 뒤로 튕기듯 빼냈다.

 하지만 이미 기세가 붙은 서문단려는 쉽게 떨어지지 않았고, 이내 서로의 숨소리를 느낄 수 있는 거리만큼 달라붙었다.

 '됐어!'

 서문단려는 내심 희열 어린 탄성을 토했다.

 천지일기공의 가공할 힘이 집중된 그녀의 목검이 마령의 가슴을 노려 갔다.

 피할 수 없음을 알고 체념했는지, 마령은 멀뚱멀뚱 보고만 있을 뿐, 전혀 움직일 기색이 없었다.

 바로 그때였다.

 마령의 손가락에서 섬광이 번뜩였다. 이어 한 줄기 날카로운 기운이 서문단려의 목검을 강타했다. 쇄혼지를 펼친 것이다.

 그럼에도 서문단려는 목검을 놓치지 않았다.

 그러자 마령의 손가락에서 연이어 섬광이 번뜩였고, 결국 서문단려의 목검이 부서지고 말았다. 마령의 손이 불쑥 튀어나와 서문단려를 노렸다.

 서문단려는 이를 악물었다.

'아직 멀었어?'

그녀는 자신의 하나뿐인 친우를 떠올렸다.

그러다 무언가를 발견한 서문단려의 눈동자가 살짝 커졌다. 마령의 뒤에서 한 개의 검형이 허공에서 어지럽게 궤적을 그리며 움직이는 걸 발견한 것이다. 이어 검형은 허공에 멈춘 채 파르르 떠는가 싶더니, 한 줄기 섬광을 그리며 마령을 향해 쏘아져 나갔다.

그 순간 마령은 그런 서문단려의 변화를 알아차렸다. 동시에 그녀는 서문단려의 맑은 눈동자에 어린 한 개의 검형을 발견할 수 있었다.

마령의 신형이 튕기듯이 좌측으로 움직였다.

그러자 검형도 한 차례 파르르 떨리는가 싶더니 그대로 방향을 꺾어 마령을 뒤쫓았다.

마령은 연신 쇄혼지를 펼쳤다. 서너 줄기의 섬광이 연이어 검형을 강타했으나 소용없었다. 하지만 그녀는 크게 걱정하지 않았다.

'유란이가 초연일검결로 방향을 꺾을 수 있는 건 한 번뿐이야.'

마령은 검형이 거의 지척까지 다가왔을 때 다시 한 번 신형을 옆으로 틀었다.

그때, 마령을 경악케 하는 일이 벌어졌다. 검형이 다시 한 번 자신을 향해 방향을 꺾었던 것이다.

"헉!"

마령의 입에서 당혹성이 터져 나왔다. 그녀는 급히 모든 내공을 목검에 담아 내뻗는 한편 전력으로 만화은신사형을 펼쳤다. 그러자 마령의 몸이 빠르게 흩어지기 시작했고, 목검은 검형과 충돌했다.

목검은 순식간에 산산이 부서져 버렸고 검형은 금방이라도 마령의 몸에 닿을 듯했다.

그 순간 마령의 몸이 아슬아슬하게 사라졌다.

그녀는 3장 정도 떨어진 곳에서 다시 모습을 드러냈다. 직후, 마령은 무릎을 꿇었다. 그녀의 옆구리에서 피가 흘러나오고 있었다. 완벽하게 검형을 피하지 못한 것이다.

상유란과 서문단려가 그런 마령을 덮쳤다.

"이때야."

"전력을 다해."

마령은 한손으로 옆구리의 피를 틀어막으면서 방어해야만 했다.

"너희들… 이건 너무하잖아."

그녀는 억울했다. 그래도 자신은 나름대로 두 소녀를 생각해서 손속에 사정을 두었다.

하지만 상유란과 서문단려는 이런 자신의 생각과는 달리 전력을 다하고 있었던 것이다.

마령은 발끈했다.

"피 나잖아."

"그건 상처 축에도 못 들어요."

"더 피 나기 싫으시면 곱게 쓰러지세요."

"하마터면 죽을 뻔했어."

"에이, 저는 마령 언니를 믿었어요."

"사람이라는 게 의외로 잘 안 죽어요."

상유란과 서문단려는 마령의 말에 꼬박꼬박 대답하면서도 공격을 멈추지 않았다.

그러자 마령도 더 이상 참을 수가 없었다.

"이제 죽어도 몰라."

"와, 이제 성질 나오신다."

"벌써 잊으셨어요? 처음 봤을 때 저를 죽이려고 하셨잖아요."

"……."

마령은 말싸움으로는 도저히 두 소녀를 이길 수 없다는 걸 알아차렸다.

그래서 이런 울분을 두 소녀를 공격하는 데 토해 냈다. 상유란과 서문단려도 마령이 부상을 입은 지금이야말로 쓰러뜨릴 기회라는 걸 알고 있기에 전력을 다했다.

비무는 그야말로 치열하기 이를 데 없었다. 조금이라도 방심하면 제대로 사달이 날 정도였다.

치열한 접전은 그 뒤로 일 각이나 더 계속되었고, 결국 쓰러진 건 상유란과 서문단려였다. 아무리 둘이서 전력을 다해도 아직 마령을 이긴다는 건 무리였던 것이다.

 하나 마령도 만신창이나 다름없는 상태였다.

 만약 그녀가 처음부터 만화은신사형의 은신술을 펼치며 싸웠으면 이보다 쉽게 쓰러뜨릴 수 있었을 것이다. 하지만 왠지 그렇게 이기면 조운학이 받아들이지 않을 거 같았다.

 조운학에게 사로잡힌 뒤 지금까지 얼마나 갖은 고생을 다했던가. 그렇기에 조운학의 눈치를 살피는 건 누구한테도 지지 않을 자신이 있었다.

 '어쨌든… 내가 이겼어.'

 마령은 뿌듯한 표정으로 조운학을 향해 시선을 던졌다.

 바닥에 쓰러진 채 거친 숨을 내쉬고 있는 상유란과 서문단려에겐 그런 마령의 모습이 꼭 칭찬을 바라는 개의 모습처럼 보였다.

 상유란은 비웃으려고 했지만 그럴 힘도 없었고, 서문단려는 설레설레 고개를 저었다. 그보다 두 소녀를 걱정스럽게 하는 건 따로 있었다.

 '졌으니까 이제 죽었다.'

 그런데 이렇게 비무가 끝났음에도 정작 조운학은 어떠한 행동도 보이지 않았다.

 마령이 고개를 갸웃거리며 다가가니 조운학은 팔짱을 낀 채 살짝 고개를 숙이고 있었다. 이어 그녀는 두 귀를 의심케

하는 소리를 들을 수 있었다.

드러렁, 드러렁…….

바로 코 고는 소리였다.

마령은 설마 하는 심정으로 더욱 가깝게 다가가 조심스럽게 입을 열었다.

"조, 조 공자님……."

"응?"

조운학이 반응하자 마령은 반색하며 외쳤다.

"제가 이겼어요!"

"시끄러……. 음냐, 음냐… 술이나 가져와… 드러렁……."

"……."

잠꼬대였던 것이다. 마령의 안색이 기기묘묘하게 변해 갔다.

죽을 고생을 하면서 겨우 비무에서 이길 수 있었다. 한데, 정작 비무를 시킨 조운학은 단잠에 빠져 있는 것이다.

자신도 모르게 주먹이 쥐어졌고, 전신이 부르르 떨리기까지 했다.

"이해해요."

"불쌍한 마령 언니……."

어느새 다가온 상유란과 서문단려가 그런 마령을 위로했다.

"비무를 시켜 놓고는 잠을 자다니……."

"아무리 사부님이라지만 너무해."

"너희들……."

마령은 그나마 두 소녀가 자신의 편을 들어 주자 감동했다. 저렇게 착한 상유란과 서문단려를 전력을 다해 쓰러뜨린 사실이 미안할 정도였다.

바로 그때였다.

마령은 돌연 전신 여기저기에서 뜨끔한 통증을 느꼈다. 동시에 몸이 움직이지 않았다. 놀라며 시선을 밑으로 두니 상유란과 서문단려가 자신을 올려다보며 씨익 웃고 있었다.

그제야 그녀는 점혈 당했다는 걸 알아차렸다.

설마 두 소녀가 자신을 공격하리라고는 상상도 하지 못했기에 꼼짝없이 당하고 만 것이다.

'왜……?'

의문이 일었다. 하지만 마령이 미처 입을 열기도 전에 상유란과 서문단려는 조운학을 향해 달려가고 있었다.

"사부님! 사부님!"

"어서 일어나세요."

두 소녀는 단잠에 빠져 있던 조운학을 흔들어 깨웠다.

"으음… 뭐야……."

조운학이 귀찮다는 듯이 눈을 뜨자 상유란과 서문단려는 당당하게 말했다.

"저희가 이겼어요!"

"마령 언니를 제압했어요."

이런 두 소녀의 행태에 마령은 어안이 벙벙한 표정이었다. 또한, 그제야 자신이 당했다는 걸 알아차렸다.

마령은 정신이 아찔해지는 충격을 느꼈다. 상유란과 서문단려의 잔머리가 보통이 아니라는 건 알았지만 설마 그 와중에 자신을 암습하리라고 누가 생각이나 했겠는가.

'잠시나마 감격한 내가 미친년이지…….'

그러다 문득 아직 잠이 덜 깬 조운학에게 비무에서의 승리를 자랑하듯이 말하는 상유란과 서문단려를 보고 있자니 이상한 착각이 들었다.

갑자기 상유란과 서문단려도 조운학처럼 보였던 것이다. 즉, 3명의 조운학이 보이는 것이 아닌가.

그녀는 문득 등줄기가 오싹해지는 걸 느꼈다.

그 사부에 그 제자라더니, 정말로 상유란과 서문단려는 조운학의 성격까지 닮아 가고 있었던 것이다.

그건 조운학의 하인이나 다름없는 자신으로서는 참으로 끔찍한 일이 아닐 수 없었다. 1명도 힘들어 죽겠는데 3명이라니.

그때 조운학의 조금은 멍했던 시선이 제자리를 찾아갔고, 똑바로 마령을 직시했다.

"이런 두 꼬맹이한테 지다니……. 간만에 개인 지도를 한 번 해 볼까."

조운학은 두 팔을 이리저리 휘두르며 자리에서 일어섰다.
 마령은 슬펐다. 곧 자신에게 닥칠 고통도 그렇지만 점혈을 당하는 바람에 도망칠 수도 없었기 때문이다.
 결국 마령은 오랜만에 처음 조운학을 만났을 때처럼 정신없이 두들겨 맞아야만 했다.
 그러나 마령은 마지막에는 입가에 한 줄기 미소를 띨 수 있었다.
 조운학이 그녀를 두들겨 팬 후, 상유란과 서문단려도 가만히 두지 않았기 때문이다.
 그 이유는 간단했다. 같은 조원들을 버리고 도망쳤다는 이유였다.
 세 사람은 이럴 줄 알았으면 죽어라 싸우지 말 것을… 하고 후회했지만 이미 늦었다. 이번 비무로 서로 간에 앙금은 앙금대로 생겼고, 결국은 조운학에게 두들겨 맞기까지 한 것이다.
 상유란과 서문단려. 그리고 마령의 비명 소리가 울려 퍼졌다.

제6장
이 객잔이 자랑하는
모든 음식을 가져와

　가양(可陽)은 사천성(泗川省) 남단(南端)에 위치한 대시진(大市陣)이다. 사천성의 평야 지대인 가양 평원(可陽平原)에서 생산되는 농산물을 비롯한 주위의 산물이 모두 이곳에 집결되어 중원 전역에 퍼지게 된다.
　따라서 가양은 사천성에서 최대의 상시(商市)가 형성되는 곳이다. 특히 이곳은 야시(夜市)로 유명하다. 각지에서 달려온 상인들이 밤에 상시를 여는 것이다. 해서 가양은 밤에 더욱 활기를 띠게 된다.
　은은한 노을빛 잔광이 대지를 핏빛으로 적실 무렵이었다.
　"자! 쌉니다, 싸요."
　"에이! 그래도 최고 품질의 비단인데 은자 두 냥은 주셔야지."

"어, 어! 막 집어 가네……."

수많은 사람들이 와글거리며 야시는 더욱더 흥이 돋우어졌다.

청평 객잔(淸平客棧)!

엄청나게 거대한 천막으로 만들어진 이 객잔에도 사람들이 넘쳐흘렀다.

왕소삼은 청평 객잔의 점소이다. 그는 사람들에게 인기가 많았다. 왕소삼은 손님이 들어오면 그 사람이 지금 무엇을 먹고 싶어 하는지 단번에 맞혔기 때문이다.

이런 경우가 십중팔구로 대단한 적중률을 자랑하자, 대다수 손님들은 가만히 탁자에 앉아 왕소삼이 자신을 위해 가져온 음식을 기다리다 먹는 경우가 많아졌다.

그리고 오늘도 많은 사람들이 왕소삼이 추천하는 음식을 먹기 위해 청평 객잔을 찾았다.

"여기 연화탕(蓮花湯) 두 개요!"

"그리고 여긴 닭찜 세 개와 황화탕(黃花湯) 두 개요!"

왕소삼이 외치자 그걸 먹을 사람들도 고개를 끄덕이며 웃었다.

"하하! 그래, 나는 연화탕이 먹고 싶었어."

"나도 황화탕이 빨리 나왔으면 좋겠군. 벌써 군침이 도는데."

"역시 대단해!"

그 말을 귓가에 들으며 자그마한 체구에 냉철한 인상을 지닌 왕소삼은 문득 웃음을 지었다.

'점소이 생활 오 년, 이제 나름대로 이름이 알려지게 되었구나.'

왕소삼은 입구에서 한 떼의 손님이 들어오자 냉큼 그쪽으로 달려갔다.

"이야……."

그리고 왕소삼은 자신도 모르게 입을 벌린 채 지금 막 발을 들이댄 여인을 바라보며 감탄했다.

여인이 면사를 쓰고 있어 얼굴을 확인하지 못했으나 고아한 기품 같은 게 엿보였다. 거기에 여인이 움직일 때마다 드러나는 유연한 곡선들은 그녀의 성숙미를 그대로 보여 주고 있었다.

여인의 뒤로 3명의 노인이 따라 들어왔지만 왕소삼의 눈에는 보이지 않았다.

'히야! 저 면사 안의 얼굴은 어떻게 생겼을까……'

왕소삼은 다시 한 번 은근 슬쩍 여인을 훔쳐본 후 내심 감탄하면서도 일행에게 재빨리 자리를 잡아 주며 미소 지었다.

"헤헤, 손님들께서는 지금 먼 길을 오셔서 피곤하신 것 같은데 피로에는 황두탕만큼 좋은 게 없습니다. 어때요? 올릴

깝쇼?"

 왕소삼은 면사 여인과 3명의 노인의 조금은 너덜너덜해진 옷차림으로 보아 자신의 결정이 틀림없다고 생각했다.

 그리고 이만하면 웬만한 손님들도 고개를 끄덕인다.

 하지만 노인들 중 한 명이 고개를 가로저었다.

 왕소삼은 빙긋 웃었다. 사람은 누구나 실수를 한다. 아무리 자신이라도 모든 것을 다 맞힐 수는 없는 일이었고, 며칠 간격으로 한 번씩은 빗나가는 경우가 있었다. 오늘이 바로 그날이라고 생각하며 왕소삼은 다시 말했다.

"그럼 육미 보쌈 구이는 어떻습니까?"

 그러자 고개를 저었던 노인이 물었다.

"얼마지?"

"동전 스무 닢입죠."

"딴 건?"

"대보탕도 아주 유명합니다."

"얼마지?"

"동전 열 닢입죠."

"딴 건?"

"오리 통구이의 쫄깃한 맛을 즐기십시오."

"얼마지?"

"동전 다섯 닢입죠."

"딴 건?"

노인이 계속해서 시큰둥하게 묻기만 하자 왕소삼은 울화가 치밀었지만 내색치 않았다. 점소이 생활을 하다 보면 이보다 심한 손님도 상대하기 때문이다.

"고기 육수도 맛이 끝내줍니다."

"얼마지?"

"동전 두 닢입죠."

"딴 건?"

왕소삼은 결국 한 걸음 물러섰다. 아무래도 상대는 자신이 권하는 요리를 먹고 싶지 않아하는 거 같았다.

"손님께선 무엇을 찾으십니까?"

"동전 한 닢짜리 음식은 없냐?"

"국수가 있습니다."

"그럼 그걸로 한 그릇."

"예?"

"못 들었어? 국수 한 그릇 달라고."

"한 그릇만 말입니까?"

"그래."

왕소삼은 기가 찰 노릇이었다. 설마 4명의 인원이 국수 한 그릇만 시킬 줄은 생각도 하지 못했다. 하지만 3명의 노인이 모두 자신을 노려보자 왠지 모를 압박감에 급히 그 자리를 떠났다.

"아, 알겠습니다."

그렇게 점소이가 떠나가자 면사 여인이 안타까운 표정으로 말했다.

"저 혼자 먹으면… 미안하잖아요."

하지만 그건 면사 여인의 착각에 불과했다. 세 노인이 화들짝 놀라며 한 마디씩 했다.

"부주, 섭섭하게 이거 왜 이러시나……."

"한 젓가락씩 먹으면 충분히 네 명이서 나눠 먹을 수 있다오."

"혼자 먹으면 돼지 된다오."

그러자 면사 여인도 본색을 드러냈다.

"쳇, 노인네들이 음식 욕심은 많아 가지고."

면사 여인은 천선부의 부주인 혁리빙이었다. 그리고 3명의 노인은 바로 삼괴였다.

지금 그들은 녹림의 총본산이 있는 곳으로 향하고 있었다.

녹림의 녹림영부를 찾아 금응 표국으로 쳐들어온 예지광을 사로잡은 후, 삼괴가 특별히 그를 심문했다.

얼마 지나지 않아 예지광은 천사혈성의 음모와 녹림의 돌아가는 상황에 대해 자백했다.

금응 표국의 국주인 마무기는 녹림영부를 다시 녹림으로 보내기를 바랐다.

그러자 송천기는 이 임무를 천선부의 부주인 혁리빙에게 떠넘겼다. 녹림에 녹림영부를 전해 주면서 세상에 대해 조금이나마 알아야 한다는 게 그 이유였다.

그리고 혁리빙을 보조하기 위해 삼괴를 붙였다. 삼괴와 함께한다면 어떤 위험한 상황이 닥친다 할지라도 안전하게 돌아올 수 있기 때문이다.

이런 송천기의 제의를 혁리빙과 삼괴는 주저 없이 받아들였다. 무엇보다 자유롭게 세상을 구경할 수 있다는 게 마음에 들었던 것이다.

송천기는 그런 네 사람을 부랴부랴 되는 대로 챙겨서 내보냈다.

그런데 그 와중에 가장 중요한 것을 잊어버렸다. 바로 돈이었다.

혁리빙과 삼괴는 한 푼의 돈이 없이 뛰쳐나온 것이다. 더욱 황당한 건 그걸 이틀 뒤에나 알았다는 거였다.

혁리빙과 삼괴는 금응 표국에서 나온 후, 녹림의 총본산이 있다는 협주의 선자산으로 무작정 직진했다. 들뜬 마음에 길을 벗어나 깊은 산속을 가로질러 나갔던 것이다.

그렇게 산속에서 숙식을 해결하면서 계속 나아가다 보니 적어도 4일은 걸려야 할 거리를 반으로 줄여 버렸다. 그리고 이곳 가양에 도착하고 나서야 돈이 없다는 걸 알아차린 것이다.

혁리빙과 삼괴는 급히 품속을 뒤졌고, 동전 한 푼을 찾을 수 있었다. 배가 고팠던 4명은 우선 객잔으로 들어갔고, 겨우 국수 한 그릇을 시킬 수 있었던 것이다.

혁리빙은 면사에 시선을 던지며 투덜거렸다.

"그런데 이걸 계속 쓰고 있어야 해요?"

면사는 송천기가 금응 표국을 떠나기 전에 반드시 쓰고 다니라고 건네준 거였다.

거기에 삼괴 중 한 명에게 면사를 잘 쓰고 다니는지 감시하라고 일렀으니 돌아온 뒤 면사를 벗은 사실이 발각되면 가만두지 않겠다는 협박도 잊지 않았다.

그 때문에 혁리빙은 답답했지만 계속 면사를 쓰고 있어야만 했다. 그녀는 무엇보다 자신이 면사를 쓰고 다니는 것을 감시하는 사람이 삼괴 중 누구인지 궁금했다.

그래서 삼괴에게 직설적으로 물었는데 하나같이 대답을 회피했다.

이번에도 삼괴는 넌지시 딴청을 피웠다.

"송천기 그놈… 같은 늙어 가는 처지면서 많이 빡빡하더라고……."

"부주, 그래도 나름 볼만한 외모이니 쓸데없는 시비는 피하는 게 좋소이다."

"뭐, 면사를 벗어도 우리는 상관없소이다."

혁리빙은 그런 세 사람을 날카로운 눈빛으로 훑어봤지만 도저히 감시자가 누구인지 알 수가 없었다. 그녀는 결국 포기하고 말았다.

"국수 나왔습니다."

그때 왕소삼이 국수를 탁자에 내려놨다. 그러자 네 사람의 시선이 일제히 국수로 향했다.

혁리빙은 자연스럽게 젓가락을 잡았다.

"부주가 먼저겠지요."

삼괴 중 유달리 코가 큰 노오가 만류했다.

"어허, 아무리 부주라 할지라도 예의라는 게 있는 것이오."

삼괴 중 누런 앞니가 두어 개만이 남은 담동이 고개를 끄덕였다.

"음식은 나이가 가장 많은 사람부터……. 그러니 내가 가장 먼저라오."

삼괴 중 유달리 마른 체형의 맹파도 합류했다.

"사실 나 나이 속였다. 너희들보다 한 살 더 많아."

"나도 그래. 나는 너희들보다 두 살 더 많아."

"그럼 나는 세 살."

"아, 알았어요, 알았어. 그냥 다 드세요."

혁리빙은 삼괴가 국수를 눈앞에 두고 본격적으로 다툴 기미가 보이자 졌다는 듯이 말했다.

그녀의 시선이 주위로 향했다. 많은 사람들이 보기에도 먹음직한 음식들을 먹고 있었다. 사람들이 담소를 나누며 술을 곁들여 먹는 모습을 보니 절로 군침이 돌았다.

'그런데 우린 이게 뭐야…….'

혁리빙은 절로 한숨이 나왔다.

금응 표국에서 신세질 때만 해도 매끼 진수성찬을 먹을 수 있었다. 한데, 세상 밖으로 나오니 돈이 없다는 이유로 먹고 싶은 걸 먹지 못하고 참아야만 했다.

더욱이 당장 오늘 밤은 어디서 보낼지가 걱정이었다. 물론 노숙은 익숙했지만 이런 도시에까지 와서 지붕 없는 곳에서 밤을 보내기는 싫었다.

서로 국수를 한 젓가락이라도 더 먹기 위해 다투던 삼괴는 그런 혁리빙의 생각을 재치 있게 알아차렸다.

삼괴의 시선이 서로 뒤엉켰다. 세 사람은 서로 머리를 맞대며 수군거렸다.

"부주가 힘들어하는군."

"그거야 그렇지……."

"오랜만에 나오는 바깥세상인데 말이야."

그때 노오가 넌지시 입을 열었다.

"그 방법밖에 없겠지?"

"또 그 방법을 사용해야 한다고?"

"이제 나이도 있는데……."

담동과 맹파는 당혹스런 표정을 지었다. 하지만 노오는 단호했다.

"하나뿐인 부주를 위해서인데 그깟 체통이 무슨 문제인가."

"끄응······."

"알겠네. 그러도록 하지."

"좋아."

삼괴는 고개를 끄덕이며 어딘가 결의에 가득찬 표정을 지었다.

※　※　※

"흐흐, 오늘은 얼마나 벌까나······."

오래전부터 이곳 야시장에서 꿀 바른 사과를 팔아 온 여지명은 신이 났다. 야시장이 열리면 반년 치 매상을 단 며칠 만에 올릴 수 있기 때문이다.

더욱이 하도 사람이 많아서 평소처럼 일일이 소리치지 않아도 사람들이 알아서 찾아와 꿀 바른 사과를 사 갔다.

꿀 바른 사과는 꿀 바른 사과대로 많이 팔리고, 목이 터져라 소리칠 필요도 없으니 그야말로 금상첨화였다.

'매일 야시장이 열리면 얼마나 좋을꼬.'

여지명은 싱글벙글 웃으며 꿀 바른 사과를 사러 온 사람들을 상대했다.

그때, 한 명의 노인이 다가왔다. 바로 노오였다.

여지명은 그도 꿀 바른 사과를 사러 왔을 거라는 생각에 꿀 바른 사과가 꽂힌 한 개의 막대기를 뽑았다.

그리고 그걸 건네며 돈을 받으려고 다른 한 손을 내밀었다.
 하지만 노오는 그런 여지명을 무시하고는 갑자기 등을 돌리더니 그 자리에 털썩 주저앉는 게 아닌가. 이어 합장을 한 채 두 눈을 감았다.
 여지명의 두 눈이 커졌다. 갑자기 노오가 자신이 장사하는 곳 바로 앞에 주저앉아 버린 것이다. 하지만 더욱 놀라운 일은 지금부터가 시작이었다.
 "무량수불, 무량수불, 무량수불······."
 노오가 갑자기 염불을 외우듯이 계속해서 무량수불이라는 말을 중얼거렸다.
 그건 참으로 음산했다. 마치 누군가를 저주하는 것만 같았다.
 그러자 꿀 바른 사과를 사기 위해 다가왔던 사람들이 흠칫 놀라며 다른 곳으로 발걸음을 돌렸다.
 "이게 무슨······."
 여지명은 느닷없이 벌어진 작금의 상황이 그저 황당하기만 했다. 하나, 그 황당함은 이내 큰 분노로 변했다.
 "이 사람이! 남이 장사하는 곳에 와서 이게 무슨 짓이오!"
 그는 노오의 앞에 가서 버럭 외쳤다.
 그럼에도 노오는 요지부동. 계속해서 무량수불이라는 말을 중얼거리기만 했다.

화가 머리끝까지 솟은 여지명은 결국 노오의 멱살을 잡아 일으켰다.
 "썩 이곳에서 꺼지시오!"
 그러자 멱살을 잡힌 노오의 두 눈이 휘둥그레 커지더니 돌연 처량한 표정을 짓는 게 아닌가.
 "미, 미안하네. 그저 이곳에 좋은 않은 기운이 몰려 있어서 그걸 물리쳐 주려고 한 것뿐이라네……."
 "나쁜 기운이라니! 이곳에 무슨 나쁜 기운이 있단 말이오."
 "자네는 보지 못하나 나는 볼 수가 있다네."
 "이거 사이비 아냐! 어디 남이 장사하는 곳에 와서 방해를 하는 거야."
 "이, 이보게……."
 "당장 꺼져!"
 그때 한 노인이 끼어들었다. 바로 담동이었다.
 "허어, 지금까지 지켜봤지만 너무하구먼. 아무리 화가 나도 그렇지 언제 죽을지 모르게 골골한 노인네의 멱살을 잡다니……."
 여지명은 억울했다.
 "아니, 이 노인네가……."
 "저 도사분이 한 일이 그렇게 멱살을 잡힐 정도로 잘못된 일인가? 그저 나쁜 기운을 쫓기 위해 노력하셨다지 않은가."

이 객잔이 자랑하는 모든 음식을 가져와 • 195

"아무리 그래도……."

"만약 자네 부모님이라면 그렇게 멱살을 잡을 수 있겠는가?"

"……."

여지명은 기도 안 찼다. 왜 지금 자신이 야단을 맞아야 한단 말인가. 이래선 마치 자신이 나쁜 짓을 하고 있는 거 같지 않은가.

그때 여지명은 주변에 어느새 많은 사람들이 몰려 있는 걸 알아차렸다. 사람들은 지금까지의 상황을 지켜본 듯이 작게 술렁거렸다.

"아무리 그래도 그렇지 저토록 나이 드신 분의 멱살을 잡다니……."

"처음부터 봤는데 저곳에 나쁜 기운이 있어서 쫓아내려고 저러셨나 봐요."

그때 사람들 틈에서 한 노인이 조금은 크게 혀를 차며 말했다. 바로 맹파였다.

"쯧쯧, 요즘 젊은 것들은 어른을 공경할 줄을 몰라."

"맞아. 저 사람 너무하는군."

"잠시 장사를 방해했다고 저런 힘없는 노인의 멱살을 잡다니."

사람들의 술렁거림이 점점 커졌다.

"에잉! 저토록 나이 든 노인을 학대하다니."

"참으로 못된 사람이야."
"이거 저 사람이 팔던 걸 산 건데 어쩌지?"
"버려."
"어, 어……."
여지명은 당혹감을 감출 수가 없었다. 대체 이게 무슨 상황이란 말인가.
자신은 그저 장사를 방해하는 노인을 쫓아내려고 했을 뿐이었다. 한데, 난데없이 자신이 천하의 불한당이 되어 버린 것이다.
거기에 자신에게 사 간 꿀을 바른 사과를 버리는 사람까지 있었다.
그제야 여지명도 사태가 심상치 않음을 알아차렸다.
'이, 이대로는 큰일 난다.'
이곳에는 자신 말고도 꿀을 바른 사과를 파는 장사치들이 많았다. 그럼에도 많은 돈을 벌 수 있었던 건 그만큼 많은 사람들이 오가기 때문이다.
만약 그런 사람들에게 자신이 노인의 멱살을 잡고 호통친 불한당이라고 소문이라도 난다면 장사를 접어야 할지도 몰랐다.
여지명은 재빨리 백천의 멱살을 놓은 뒤 허리를 숙여 사과했다.
"죄, 죄송합니다. 제가 그만 오해를 하고 말았습니다."

그는 이대로 사과해서 무난하게 넘어갈 생각이었다.

하지만 노오가 갑자기 그 자리에 주저앉더니 한 손으로 허리를 부여잡으며 고통 어린 표정을 지었다.

"허리가……."

그러자 처음에 끼어들었던 담동이 놀라며 부축했다.

"이, 이보게, 괜찮은가?"

노오는 오랜 친우를 마치 처음 보는 사람인 양 대했다.

"뉘신지 정말 고맙습니다. 멱살을 오래 잡혀서 그런지 허리가 아프고 몸에 힘이 없군요."

"저런… 정말로 근본도 모르는 불한당이로다!"

담동이 오통치자 여지명은 어쩔 줄을 몰라 했다. 주변의 사람들도 더욱 여지명을 성토했다.

"나쁜 놈!"

"힘없는 노인에게 폭력을 휘두르다니."

"나중에 자신이 늙어서도 똑같이 당하고 말 거야!"

여지명의 표정이 새하얗게 변했다. 도대체 이 상황을 어떻게 넘겨야 할지 머릿속이 아찔했다.

'그냥 조금 참는 건데… 내가 어쩌자고…….'

그는 성급했던 자신의 행동을 후회했지만 이미 배는 떠나 버렸다.

그때, 허리를 부여잡던 노오가 인자하게 웃으며 말했다.

"허허, 사람은 누구나 실수를 할 수 있는 거라네. 그리고 이제 나쁜 기운을 없앴으니 자네의 장사는 더욱 번창할걸세."

'당신 때문에 쫄딱 망하게 생겼다니까요.'

여지명은 목구멍까지 치솟은 말을 간신히 집어삼키며 처량한 표정을 지었다.

"제가 기인을 몰라뵙고 그만 실수를 하고 말았습니다."

"괜찮네. 그럼 이만 가겠네."

"어, 어찌 이대로 보낼 수 있겠습니까. 얼마 안 되지만 이거라도 가져가십시오."

여지명은 급히 품속에서 꺼낸 전낭을 열어 은자 서너 냥을 꺼내어 노오의 손에 쥐어 주려고 했다.

노오가 괜찮다고 했지만 여전히 사람들의 시선이 곱지 않았다. 그렇기에 적어도 돈을 쥐여서 보내야만 바닥까지 추락한 자신의 평판이 조금이나마 회복될 터였다.

그때 노오를 부축하고 있던 담동이 냉소를 터뜨리며 말했다.

"흥! 이 도사분이 거지로 보이는가. 고작 은자 몇 푼을 쥐여 줘서 이 사태를 무마하려고 하다니."

"그, 그게······."

여지명은 당황하며 손에 쥐고 있던 전낭을 다시 열려고 했다. 하나, 담동이 그걸 기다려 주지 않았다.

"고약하도다. 참으로 고약하도다. 은혜를 베풀었더니 멱살을 잡지를 않나 사과를 하면서 전낭의 돈을 헤아리다니. 에잉! 참으로 가식적이로다."

"아, 알겠습니다."

여지명은 전낭을 통째로 노오의 손에 쥐어 줬다. 노오는 극구 사양했다.

"허어, 이런 보답을 받고자 한 일이 아닐세."

"제발, 제발 좀 받아 주십시오."

여지명은 자신의 전낭을 통째로 건네주는 것만으로도 모자라 제발 받아 달라고 사정까지 해야만 했다.

이런 간절한 바람이 전해졌던 것일까. 계속해서 사양하던 노오는 결국 전낭을 받아들였다.

"자네가 그토록 원한다면 받겠네."

"감사합니다. 정말 감사합니다."

여지명은 머리가 땅에 닿을 듯이 인사했다. 이제는 노오가 그저 고맙고 감사할 따름이었다.

"그래도 이대로 가면 미안하니 내 이것을 줌세."

노오는 품속에서 한 개의 단환을 꺼내서 건넸다.

"이래 봬도 영약이라네. 크게 몸이 아플 때 복용하면 도움이 될 걸세."

'필요 없으니까 제발 좀 어서 사라져!'

여지명은 마치 진흙을 뭉쳐 만든 것 같은 단환을 받기 싫었지만 억지로 감동 어린 표정을 지어야만 했다.

"가, 감사합니다."

이렇듯 소란스러웠던 상황이 잘 마무리되자 주위의 사람들도 빠르게 흩어졌다.

노오도 담동과 함께 슬그머니 사람들 사이로 파고들더니 이내 흔적도 없이 사라져 버렸다.

"이건… 도대체가……."

여지명은 귀신에 홀린 듯한 표정을 지었다. 느닷없는 상황에 며칠간 모았던 돈을 전부 날려 버리고 만 것이다.

그는 아무래도 이해가 되지 않아 자리에 앉은 채 곰곰이 생각에 빠졌다.

잠시 후, 여지명은 탄식하며 손바닥으로 무릎을 탁, 하고 쳤다.

"당했구나!"

그는 그제야 자신이 노인들에게 사기를 당했다는 걸 알아차렸다. 이어 여지명은 한 바탕 대소를 터뜨렸다.

"하하하하! 내가 당했구나. 당했어."

지나가던 사람들이 자신을 보고 수근 거렸으나 여지명은 신경 쓰지 않았다. 그때 한 사내가 다가와 말했다.

"한 개 주쇼."

"하하, 예. 알겠습니다."

여지명은 여전히 웃음을 그치지 않으며 꿀 바른 사과를 한 개 건네줬다.

"감사합니다."

"많이 파쇼."

사내는 동전 한 닢을 건넸다. 여지명은 동전을 받으면서 함께 건네진 한 장의 작게 겹쳐진 서신도 은밀히 받아 챙겼다. 사내가 돌아서자 여지명은 크게 외쳤다.

"또 오십시오!"

사내가 시야에서 사라진 후에도 여지명은 한동안 장사에 열중했다.

사람들의 발길이 조금 뜸해지자 그는 빠르게 장사를 접었다.

여지명은 어딘가로 빠르게 걸음을 옮겼다. 골목길을 몇 번이고 돌았고, 혹여 뒤따라오는 사람이 있는지 경계를 늦추지 않았다.

이윽고 그가 도착한 곳은 한 허름한 집이었다.

여지명은 문을 열고 방 안으로 들어갔다. 방 안에는 몇 가지 간단한 가구만이 놓여 있었다.

그는 바닥의 한 부분을 들었고, 그러자 아래로 뻥 뚫린 계단이 모습을 드러냈다. 그는 계단을 통해 아래로 내려갔다.

곧이어 그가 도착한 곳은 지하 석실이었다. 그곳은 횃불로 밝혀져 환했고, 한 사내가 탁자에 올려져 있는 수많은 서신들을 읽고 있었다.

사내는 여지명이 들어서자 자리에서 일어나 허리를 숙였다.

"오셨습니까?"

"그래."

여지명은 사내와 마주 보는 자리에 있는 의자에 털썩 주저앉았다. 그리고 밖에서 받아 온 서신을 펼치더니 차분하게 읽었다.

이어 그는 서신을 와락 구겼다.

여지명의 표정 또한 서신처럼 일그러져 있었다. 사내가 물었다.

"무슨 일이십니까?"

"아무래도 사실인 거 같다."

"예?"

"마교가 나타났다."

"……."

사내는 침묵했으나 생각만큼 놀라지는 않았다. 아니, 이미 예상이라도 했다는 듯이 말했다.

"지금까지 들어온 여러 정보들을 조합해 보면… 마교라는 게 거의 확실시 되었으니까요."

"그래도 조금은 반신반의했는데 말야……. 쯧, 오늘은 일진이 사납군. 사기를 당하지 않나……."

"예?"

"아니다. 그보다 흥미로운 소식이 한 가지 더 있다. 그 마교가 지금 한 단체와 싸우고 있다고 한다."

사내는 처음으로 놀란 듯 두 눈을 크게 떴다.
"그 마교와 말입니까?"
"그래. 그 마교와 말이다."
"천하에 마교와 정면으로 붙을 만큼 강대한 힘을 지닌 세력이 존재한단 말입니까?"
"마도련이라고 하더군."
"마도련이라면… 금황벌에서 행방을 찾아 달라며 본 맹에 의뢰를 넣었던 곳이지 않습니까."
"그래. 그 마도련이 난데없이 난입해 금황벌을 쑥대밭으로 만들어 놨다고 하더군. 금황벌은 복수를 하기 위해 모든 금력을 동원해 수많은 고수들을 모아 쳐들어갔지. 하지만 별 소득 없이 돌아왔다고 하더군. 놀라운 건, 얼마 전에 금황벌은 마도련에 대한 모든 행위를 중지했다는 것이네."
사내는 고개를 갸웃거렸다.
"그 마도련이 이 마도련이란 말입니까?"
"확실한 정보가 들어와 봐야 알겠지만 십중팔구 같다고 봐야겠지. 만약 이름만 같고 서로 다르다면……."
"다르다면……."
"두 마도련의 정체가 완벽하게 파악할 될 때까지 철야다, 철야."
"으윽……."
사내는 괴로운 신음성을 터뜨렸다.

"뭐, 그럴 가능성은 희박하지만 말이야."

"그럼 그 마도련과 이 마도련이 같다고 생각하고 묻겠습니다. 왜 마도련이 마교와 싸우고 있는 겁니까?"

"그걸 알아내는 게 우리 은자각(隱者閣)의 임무잖아."

"그거야 그렇습니다만……."

여지명은 빙그레 웃으며 말했다.

"더 놀라운 사실을 알려 주지."

"무엇입니까?"

"혈사천교라고 아나?"

"백 년 전 광서와 광동을 혈풍에 휩싸이게 만든 마문이 아닙니까. 사이한 마공으로 사람들을 현혹시켰으며 반항하는 이가 있으면 잔혹하게 죽여 버렸지요. 특히, 강시를 제조해 광동 일대를 피로 휩쓸었습니다. 그러자 광동 일대와 주변의 모든 정파들이 힘을 합쳐 혈사천교를 멸문시켜서 사라진 것으로 압니다."

"그렇지. 잘 알고 있군. 당시 혈사천교의 잔당들이 양산 깊숙한 곳에 은신해 지금까지 힘을 키워 왔더군."

"예? 그럼 당장 맹에 알려야 하지 않습니까?"

"걱정 마. 지금은 흔적도 없이 사라졌으니까."

"……."

사내는 뭔가를 곰곰이 생각하다 혹시나 하는 마음에 물었다.

"설마 그걸……."

"자네 생각대로야. 마도련이 없앴다고 하네."

"그게 사실입니까?"

"혈사천교 놈들이 죄 없는 사람들을 많이 납치했더군. 그 사람들이 풀려나면서 알려졌다네."

"마도련은… 정파입니까?"

"지금까지의 행적을 보자면 그럴 가능성이 높지."

"그럼 왜 금황벌을 친 것입니까?"

"그걸 지금부터 알아내야겠지. 어쨌든 한 가지는 확실하네."

여지명은 의자에 몸을 파묻으며 말을 이었다.

"한동안 평온했던 무림이 시끄러워질 거란 거지. 아, 또 한 가지가 더 있군."

"……."

"우리 은자각이 바빠질 거란 거지."

"철야군요."

"이제 밥 먹듯이 해야 할 거네. 우선 맹주께 보고할 서신을 작성하도록 하게."

"제가 말입니까? 각주님이……."

"내가 왜 지금까지 입 아프게 설명했다고 생각하는가. 자네에게 일을 떠넘기기 위해서라네."

"……."

"아, 그러고 보니……."

여지명은 문득 무언가를 떠올리고는 품속에서 단환 한 개를 꺼냈다. 자신에게 사기를 치고 떠넘기다시피 건네준 단환이었다. 단환을 꺼내어 냄새를 맡아봤다.

"으음… 왠지 익숙한 냄새가 느껴지는 데……."

"그게 뭡니까?"

"우연히 얻은 건데 말일세… 영약이라고 하던데… 알겠는가?"

"한 번 보지요."

사내는 여지명이 건네주는 단환을 받아 자세히 살폈다.

"냄새가 좀 고약하군요. 여기 작게 보이는 건 약초 같은 걸로 보입니다."

사내는 단환에 살짝 혀를 갖다 댔다.

"하지만 약 같은 맛은 나지 않습니다. 어디서 얻으신 겁니까?"

"그런 게 있다네."

여지명은 돌려주는 단환을 받은 뒤 자신도 살짝 혀를 갖다 대 보았다. 그러다 놀라며 침을 뱉었다.

"퉤, 뭐야, 이거. 무슨 맛이 이래?"

"약에 해박한 사람을 알고 있습니다. 한번 알아볼까요?"

"됐네. 뭐, 그래도 독약은 아니겠지. 혹시 알아, 천고의 영약일지."

"제발 그랬으면 좋겠군요."

"그럼 나는 다시 장사를 하러 가겠네. 아… 오늘 사기당한 돈을 메우려면 또 며칠간 열심히 일해야겠군."

사내는 의자에서 일어나 주저 없이 밖으로 나가는 여지명의 뒷모습을 멍하니 바라봤다. 사내는 가끔 헷갈릴 때가 있었다.

여지명의 장사는 다른 사람들의 시선을 속이기 위한 위장 직업에 불과했다.

한데, 언제부터인가 여지명은 꿀 바른 사과를 파는 장사에 재미를 느끼기 시작했는지 어지간한 일이 아니고서는 하루도 빠지지 않았다.

더욱이 그로 인해 번 돈은 전부 투명하게 관리해야 하는데 대놓고 반 이상을 빼돌리고 있었다. 만약 이 일을 위에서 안다면 결코 가만히 넘어가지 않을 것이다.

그러나 위에서는 이 사실을 알 리가 만무했다. 이런 여지명의 잘못을 보고해야 할 임무가 바로 사내에게 있었기 때문이다.

하지만 사내는 이미 여지명이 가끔 데려가는 기루에 푹 빠져 있는 상태였다. 앞으로도 기루에 가느냐와 은자각의 각주가 저지르는 비리를 보고하느냐. 이 둘 중에 어느 쪽에 무게를 둘지는 이미 정해져 있었다.

사내는 요즘 공을 들이고 있는 기루의 기녀를 떠올리며 서신에 시선을 돌렸다.
 이곳은 무림맹의 정보를 총괄하는 은자각의 비밀 분타 중 한 곳이었다.

＊ ＊ ＊

 청평 객잔은 여전히 사람들이 넘쳐흘렀다.
 점소이인 왕소삼도 인기가 많은 만큼 바빴다. 그때 4명의 인영이 들어왔다.
 "어서 오십시오."
 그들을 향해 달려가던 왕소삼이 일순 주춤거렸다. 아니, 대놓고 인상을 찌푸렸다. 점소이로서 해서는 안 되는 행동이지만 어쩔 수 없었다.
 지금 눈앞의 손님들은 네 사람이 와서 국수 한 그릇만 시켜 먹고서 사라졌던 사람들이었기 때문이다. 이런 사람들만 온다면 객잔은 망하고 말 것이다.
 '또 국수 한 그릇 시켜 먹으러 온 거 아냐?'
 왕소삼은 주저하며 어떻게 하면 이들을 말썽 없이 쫓아낼 수 있을지 고민했다. 하지만 이런 그의 마음을 아는지 모르는지, 혁리빙을 비롯한 삼괴는 마침 비어 있는 자리로 가서 앉았다.
 '이런…….'

정문에서 저지하는 걸 실패한 왕소삼은 혀를 찼지만 금세 포기하고 말았다.

'그래… 오죽하면 네 명이 와서 국수 한 그릇을 시켜 먹겠어. 그냥 적선하는 셈 치자.'

이렇게 생각하자 오히려 마음이 편안했다.

'특별히 주방장한테 말해서 국수의 양을 더 많이 담으라고 말해야겠군.'

왕소삼은 이런 스스로에게 뿌듯해하며 혁리빙과 삼괴를 향해 물었다.

"무엇을 드시겠습니까?"

물론 국수겠지만 그래도 점소로서의 본분은 잊지 않았다. 그러자 노오가 말했다.

"이 객잔이 자랑하는 모든 음식을 가져와."

"예?"

왕소삼은 순간 자신이 헛것을 들었다고 생각했다. 국수 한 그릇을 시켜서 나눠 먹던 사람들이 갑자기 가장 비싼 음식을 찾다니. 그것도 이 객잔이 자랑하는 음식을 모두 말이다. 그가 다시 입을 열려고 할 때 노오가 품속에서 전낭을 꺼내더니 탁자로 툭 던졌다. 살짝 열린 구멍에서 보이는 은자와 떨어지는 소리로 봐서 적어도 수십 냥은 되어 보였다.

왕소삼은 급히 허리를 숙이며 외쳤다.

"예. 최대한 빨리 준비하겠습니다."

이런 돈을 어떻게 구했는지 궁금했지만 신경 쓰지 않았다. 중요한 건 저들이 돈을 지불할 능력이 된다는 것이다. 그것도 아주 많은 돈을 말이다.

그때 담동이 말했다.

"술은 비싼 걸로 가져와."

"예, 예! 금방 대령하겠습니다."

왕소삼은 입이 찢어져라 함박웃음을 지으며 연신 허리를 숙였다.

그렇게 왕소삼이 흡족한 표정으로 신형을 돌리자 노오가 우쭐한 표정으로 말했다.

"부주, 마음껏 드시구려."

"흘흘, 마치 네가 사는 것처럼 말하는구나."

"나도 도왔다."

"그래도 내가 없었으면 실패한 거나 다름없어."

"내가 그 어벙한 놈을 대놓고 구박했기 때문에 성공한 거야."

"사람들을 선동하는 게 가장 어렵다."

혁리빙은 삼괴가 서로 잘했다고 다투자 만류했다.

"세 분 다 뭘 잘했다고 싸우세요. 그런데 그런 사기는 언제 배운 거예요?"

노오가 대답했다.

"오래 전 세상을 활보할 때 돈이 떨어지면 함께 이런 사기를 쳐서 구하곤 했다오."

"할아버지들의 무공이라면 쉽게 구할 수 있잖아요."

담동이 웃었다.

"흘흘, 부주, 무공으로 강탈하면 거기에 어떤 긴장감이 있겠소이까. 하지만 사기를 치려고 할 때는 언제 들킬까 하는 조마조마한 긴장감이 끝내준다오."

맹파가 고개를 끄덕였다.

"색다른 경험이라 할 수 있소이다."

혁리빙이 단정 짓듯이 말했다.

"결국은 나쁜 짓이잖아요."

"……."

그러자 삼괴는 침묵하며 슬그머니 혁리빙의 눈치를 살폈다. 혹 그녀가 자신들을 탓할까 봐 염려하는 빛이 역력했다. 혁리빙은 그런 삼괴를 한 명, 한 명 바라본 후 입을 열었다.

"다음부터는……."

"……."

"저도 함께할래요."

혁리빙의 말은 삼괴의 예상을 뛰어넘었다. 그녀는 빙그레 웃으며 말을 이었다.

"이렇게 재밌는 걸 하실 거면 처음부터 말씀하셨어야죠. 그럼 아까도 함께했을 텐데. 그보다 다음부터는 역할을 조금 다르게 하는 게 좋을 거 같아요."

그 뒤로 혁리빙은 다음 사기 계획에 대해 열성적으로 이야기하기 시작했다. 처음에는 황당해하던 삼괴도 점점 그녀의 이야기에 빠져들었다. 이어 네사람은 다음 사기 계획에 대해 깊은 토론을 나누기 시작했다.

그러다 보니 음식이 하나둘 도착했다. 네 사람은 잠시 토론을 멈추고 음식을 먹는 데 열중했다.

혁리빙은 막 고기 완자를 집어 먹다 떠오르는 게 있어 물었다.

"그런데 마지막에 그 사람한테 준 단환 있잖아요, 그거 정말로 영약이에요?"

"아, 그거 말이오?"

담동의 표정이 묘하게 변했다.

"그거 개똥이오."

"예?"

"개똥을 조금 떼어 내서 작게 뭉친 것이라오."

"……."

혁리빙은 잠시 침묵하다 이내 낭랑한 웃음을 터뜨렸다.

"호호호호! 개똥이라니… 개똥이라니……."

"흘흘……."

삼괴도 음식을 먹으며 함께 웃었다.

❋ ❋ ❋

조운학의 광기 어린 폭주로 인해 화산파의 제자들은 그 뒤로 3일 동안이나 요양을 해야만 했다.

 또한, 조운학은 아직 제자들의 무공이 형편없다고 비웃으며 10일에 한 번씩 직접 무공 지도를 해 주기로 했다. 그건 대놓고 10일에 한 번씩 두들겨 패겠다는 말이나 다름없었다.

 제자들은 깨달았다. 자신들의 진정한 적은 바로 조운학이라는 것을.

 애초에 자신들이 이토록 서로를 미워하고 싸우게 만든 것도 모두 조운학이었다.

 화산파에서 가장 끈끈한 동료애를 자랑하던 예설사랑 회원들이지 않았던가. 한데, 조운학의 마수에 걸려 더 이상 동료를 믿지 못하고 적대하는 상황마저 벌어진 것이다.

 그런데 이번 일을 계기로 제자들은 깨닫게 되었다. 자신들은 뭉쳐야 한다는 것을. 이렇게 서로 간에 적대만 하다가는 또다시 조운학의 마수에 당할 게 분명했다.

 제자들은 분연히 일어섰다.

 먼저 예설사랑의 회주였던 현송의 권위를 다시 세웠다. 제자들은 모두 현송을 잘 따를 것을 맹세했다.

 그러자 현송은 그런 제자들은 다독이며 사이가 틀어졌던 관계를 다시 예전으로 돌리기 위해 노력했다.

 그런 현송의 노력과 제자들의 절박함이 합쳐져 그들은 언제 적대했냐는 듯이 다시 친분을 쌓게 되었다. 아니, 제자들 간의 결속은 더욱 단단해 졌다.

거기에 선우궁이 예설사랑의 회원으로 들어오게 되었다. 더욱이 상유란과 서문단려도 합류했다.

한데, 이상하게 조운학의 직전제자라 할 수 있는 두 소녀가 합류함에도 만류하는 제자가 없었다.

그건 당연했다.

3일간 요양을 하면서 제자들은 볼 수 있었다. 자신들과는 비교도 안 될 정도로 두들겨 맞은 상유란과 서문단려의 모습을.

두 소녀는 살아 있는 게 신기할 정도로 두들겨 맞았던 것이다.

그 때문에 제자들은 상유란과 서문단려를 흔쾌히 받아들일 수 있었다.

모든 제자들이 일심단결하게 되었다.

그 결과는 이후에 벌어진 영웅대전에서 바로 드러났다.

제자들은 여전히 우승하기 위해 최선을 다했다. 다만, 이제는 어떤 조가 우승을 해도 질투하지 않고 오히려 축하를 해 줬다. 그에 화답하듯이 우승한 조는 음식을 많이 남기게 되었고 마지막 꼴찌 한 조가 충분히 먹을 수 있을 정도였다.

오히려 우승한 조보다 꼴찌 한 조가 음식을 더 먹는 날도 있었다. 또한, 음식을 먹은 후에도 휴식하지 않고 다른 조원을 지도해 주거나 함께 무공 수련을 하며 어울렸다.
 그렇다 보니 오히려 수련에 더욱 열성적으로 매달리게 되었고, 시간이 흐를수록 무공 성취가 눈에 띄게 늘어 갔다. 지금에 와서 제자들의 결속은 처음과는 비교가 되지 않을 정도로 단단해졌다.

 오늘도 영웅대전이 끝나고 식사를 마친 후, 제자들은 삼삼오오 어울리며 무공 수련에 열중했다.
 "하하, 여기서는 이 초식을 사용하면 된다."
 "아. 그렇군요."
 "보거라. 이것이 매화천냥 초식의 제대로 된 흐름이다."
 "예."
 제자들은 동료들에게 자신이 알고 있는 비의를 아낌없이 전수했다.
 조운학의 광분 사건 이후 현송이 누누이 제자들에게 강조한 것이 있었다. 그것은 바로 '우리는 하나다.' 라는 말이었다. 예설사랑의 회원들은 이제 한 가족이나 다름없다는 뜻이었다.
 그 뒤로 제자들은 '우리는 하나다.' 라는 말을 버릇처럼 읊조리게 되었다.
 그렇기에 제자들이 자신이 오랜 시간을 두고 터득한 비의를 아낌없이 가르쳐 주는 건 이제 동료들이 가족이나 마찬가지이기 때문이다.

 선옥정은 고개를 갸웃거리며 아름다운 사부의 얼굴을 올려다보며 물었다.
 "사부님, 어떻게 된 일일까요?"
 "나도… 잘 모르겠구나."
 나예설은 고운 이마를 살짝 찌푸렸다. 그녀는 이해할 수가 없었다. 보름 전까지만 해도 서로 잡아먹지 못해 안달 날 정도로 험악한 분위기가 아니었던가.
 그래서 조운학의 지도 방법이 잘못되었다고 직접 따지러 가기도 했었다. 한데, 지금 제자들은 더없이 화기애애한 분위기로 무공 수련에 열중하고 있었다.
 나예설은 진심으로 감탄했다.
 '역시… 조 공자는 처음부터 이걸 생각하셨던 거구나.'
 그녀는 터무니없는 오해를 하고 있었다. 이건 결코 조운학이 의도한 게 아니었다. 하지만 자세한 사정을 알지 못하는 나예설로서는 그저 조운학이 대단할 뿐이었다.

제7장
무인이란 등을 보이지 않고 똑바로 마주 보는 것이다

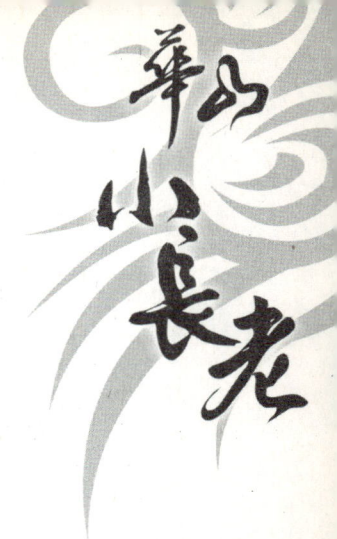

　상유란과 서문단려. 그리고 선우궁을 비롯한 화산파의 제자들은 잠을 아껴 가며 무공 수련에 열중했다.
　그들의 목표는 단 하나였다.
　조운학을 쓰러뜨리는 것.
　그러기 위해서라도 강해져야만 했다.
　제자들은 정말로 사력을 다해 무공 수련에 열중했으며 그 성과가 조금씩 나타나기 시작했다.
　하지만 그럼에도 10일마다 한 번씩 열리는 조운학과의 비무에서는 인정사정없이 깨져야만 했다.
　이건 도무지 상대가 되지 않았다. 합공을 퍼부어도 조운학의 손속 한 번에 산산이 깨어졌고, 차륜전을 펼치니 오히려 더 심하게 두들겨 맞았다.

 그래도 제자들은 포기하지 않았다. 특히 수련이 끝나는 마지막 석 달째 비무는 나예설도 관전한다는 소식을 들은 후, 제자들은 무공 수련에 더욱 박차를 가했다. 그들 평생 이토록 사력을 다해 무공 수련을 한 건 처음이었다고 봐도 무방했다.

 그렇게 시간이 흘렀고, 모든 수련이 끝나는 마지막 비무의 날이 찾아왔다.

 드넓은 공터.

 나예설과 선옥정은 전망 좋은 곳에 앉아 정면을 주시하고 있었다.

 그곳에는 조운학과 수십 명에 달하는 제자들이 서로 대치하고 있었다.

 제자들은 조운학에게서 눈을 뗄 줄을 몰랐다. 두려움과 분노의 시선이 서로 뒤엉킨 채 조운학을 직시했다.

 그때 조운학이 한숨을 쉬며 말했다.

 "휴우, 드디어 마지막 비무군. 지금까지 너희들을 가르치느라 고생한 거 생각하면……."

 제자들의 얼굴에 일순 황당함이 어렸다.

 저게 대체 무슨 말인가. 이상한 영웅대전 같은 걸 만들어서 죽어라 수련하게 만들어 놓고는 자신들을 내팽개치지 않앉던가.

 그 때문에 제자들은 자신들끼리 스스로 무공 수련을 해야만 했다. 헌데, 이제 와서 자신들을 가르쳤다고 말하니 황당한 것이다.

 그리고 그 황당함은 이내 분노로 바뀌었다.

 제자들이 일제히 기세를 뿜었다. 조운학은 제자들의 기세에 전신이 찌릿했다.

 "그래도 이제 제법 두 눈에 힘을 줄 수 있게 되었군."

 그의 눈빛이 서서히 무심하게 변해 갔다. 그리고 그 무심한 눈빛으로 주변을 두리번거렸다. 단지 그것뿐이었다.

 하지만 제자들은 조운학의 눈빛이 스쳐 지나갈 때마다 등골이 오싹했다. 그의 무심한 눈빛이 마치 자신의 폐부를 꿰뚫는 듯한 느낌이 들었다.

 제자들은 일제히 몸을 부르르 떨었다. 위험을 예감하는 오싹한 느낌에 전율을 느꼈다.

 그건 당연했다.

 석 달 동안 죽어라 노력했음에도 단 한 번도 쓰러뜨리지 못한 상대였다. 더욱이 비무가 있을 때마다 조운학은 손속에 사정을 두지 않았었다. 그 때문에 비무가 끝나면 적어도 3일간은 드러누워 있어야만 했던 것이다.

 '그래도 이번만은……'

 '반드시 쓰러뜨리고 말겠어……'

더욱이 이번 비무에는 저 나예설이 구경하고 있었다. 자신들에게 있어 선녀나 다름없는 존재가 말이다.
 현송이 먼저 움직였다. 그는 검을 들고 조운학을 향해 쇄도했다.
 그러나 마치 부드러운 산들바람처럼 어느새 그와 맞닿는 거리까지 다가온 조운학의 우측 발이 폭풍처럼 흔들리더니, 허공을 뚫으며 나아갔다.
 현송은 기겁하며 피하려 했으나, 그 속도가 자신의 예상을 훨씬 넘을 만큼 빨랐는지라 도저히 피할 수가 없었다.
 쾅!
 "크윽!"
 그는 가슴에 엄청난 충격을 느끼며 주르르 뒤로 밀려 나갔다. 갈비뼈가 부서진 듯한 고통에 울컥 한 차례 피를 토했다. 입술을 비집고 나오려는 신음을 억지로 집어삼켰다.
 그 순간 조운학의 신형은 먼지 흩어지듯 사라져 버렸고, 어느새 한 제자의 복부에 그의 주먹이 파고들었다.
 "크억!"
 복부를 관통하는 엄청난 고통에 제자의 입이 벌어졌다. 또 제자의 몸이 조운학의 주먹에 의해 활 모양으로 크게 휘어진 채 들려졌다.
 조운학은 주먹을 재빨리 뺀 후 왼발을 축으로 신형을 돌리더니 오른발을 날렸다. 그것은 제자의 면상에 그대로 작렬했다.

"우억!"

제자의 몸은 뒤로 튕겨져 나가더니 땅바닥에 처박혀 버렸다.

조운학의 신형이 쭉 늘어나는가 싶더니, 어느새 2명의 제자에게 다가가 양손을 뻗어 가슴팍을 강타했다. 2명의 제자는 팽팽한 실이 끊어진 듯 뒤로 날아가 버렸다.

직후, 조운학은 가볍게 회전하더니 왼발을 축으로 삼아 오른발로 허공에 호선을 그었다. 동시에 그의 발이 십수 개로 갈라지더니, 당황하고 있던 제자 3명의 전신을 강타했다.

파파파파팍!

"으아악!"

비명 소리가 울려 퍼졌다.

조운학은 또다시 한 제자의 품속으로 파고들었다.

제자는 급히 검을 뻗었지만, 조운학은 어느새 사라져 빈 허공만 꿰뚫었을 뿐이다. 동시에 제자의 가슴팍에 엄청난 충격이 강타했다.

"크왁!"

고통 어린 비명과 함께 제자는 땅바닥을 나뒹굴었다.

3개의 검이 막 움직이려던 조운학을 덮쳤다. 조운학의 두 손이 기묘하게 움직이더니 두 제자의 가슴에 작렬했다. 쾅! 하는 굉음과 함께 두 제자는 폭풍에 휩쓸린 가랑잎처럼 날아가 버렸다.

 그리고 조운학이 한 걸음 가볍게 뒤로 물러서자, 한 개의 검이 아슬아슬하게 머리 옆을 스쳐 갔다.

 제자는 급히 신형을 뒤집어 다시 공격하려 했으나, 휙 하는 소리와 함께 조운학의 발이 먼저 그의 면상을 강타했다. 그로 인해 제자는 그대로 땅바닥에 처박혔다.

 슈아아악!

 전후 사방에서 4명의 제자와 4개의 검이 조운학을 덮쳤다.

 하지만 조운학은 맞서지 않고 빙글 신형을 돌리더니 부드럽게 흘렸다. 또다시 하늘에서 2개의 검이 떨어졌으나, 이번에도 조운학은 가볍게 피하기만 했다.

 그것은 연이어 펼쳐진 제자들의 공세에도 마찬가지였다. 마치 이번에는 방어에만 전념하는 것처럼 보였다.

 더욱 놀라운 사실은 그렇게 피하다가 갑자기 우뚝 제자리에 멈춰 섰다는 것이다.

 그러자 제자들이 기다렸다는 듯이 덮쳐들었다. 검의 소나기가 조운학의 전신을 갈가리 찢어 버릴 듯 휘몰아쳤다. 실로 무시무시한 공세였다.

 조운학이 다시 움직인 것은 바로 그때였다.

 살랑-

 더 없는 부드러움으로 두 팔을 펴며 춤을 추었다. 두 다리는 흔들리며 가볍게 놓이고, 바람은 부드럽게 옷자락을 날렸다.

수십 개의 검 사이사이를 마치 스쳐 가는 바람처럼 누볐다. 팔방풍영보가 펼쳐진 것이다.

'이건……'

'도대체가……?'

제자들은 귀신에 홀린 듯한 기분이었다. 아니, 지금 귀신을 상대하고 있는 게 분명했다. 아무리 사력을 다해 검을 뻗어도 조운학의 기묘한 움직임에 하나같이 빗나가고 있었다. 마치 빈 허공에 대고 검을 휘두르는 것만 같았다.

곧 조운학의 두 손이 스르르 움직였다.

원을 그렸다. 처음에는 자그마했으나 서서히 커졌다. 그러자 기세가 변하기 시작했다. 마치 주위의 바람이 모조리 조운학을 향해 휘몰아치는 것 같았다.

그를 향해 쇄도하던 검의 무리들이 그 기세에 휩쓸렸다.

"이……!"

"뭐야?"

제자들은 뭔가 심상치 않음을 깨달았다. 그에 사력을 다해 조운학이 일으킨 기세에서 벗어나려 했으나, 한 번 휘말리자 마음대로 움직일 수가 없었다.

제자들은 조운학의 움직임에 따라 마치 검에 실이라도 달린 듯 끌려다녔다.

무인이란 등을 보이지 않고 똑바로 마주 보는 것이다

검을 놓으려 했으나 전신을 옭매고 있는 기세에 그것도 여의치 않았다.
 원을 그리는 조운학의 두 손은 갈수록 느려졌으나, 십수 명이 넘는 제자들은 그의 주위를 더욱 빠르게 움직였다. 아무리 저항하려 해도 소용이 없었다.
 쿠우우우우!
 조운학과 제자들을 중심으로 무시무시한 기세가 휘몰아쳤다. 하지만 유독 조운학의 움직임은 완만하고 고요하기 그지없었다.
 그러던 어느 순간, 그는 원을 그리던 두 손을 부드럽게 앞으로 내밀었다. 하품이 나올 정도로 느린 움직임이었다.
 이윽고 조운학의 두 손은 허공의 한 지점을 쳤다. 아니, 살짝 갖다 대었다. 그러나 그 결과는 무시무시했다.
 콰콰콰콰쾅!
 조운학의 주위에서 휘몰아치던 엄청난 기세가 그대로 사방으로 폭발한 것이다.
 "크아아악!"
 "으아악!"
 십수 명의 제자들이 그 폭발에 휘말려 허공을 비상했다. 그들 중 대부분은 하늘 높이 솟아 있는 나무에 부딪쳐 떨어지거나 동료들을 덮쳤고, 그나마 운이 좋은 자들은 그냥 땅바닥에 처박혔다.

한순간 모두의 말문이 막혔다.
 조운학에게 눈을 떼지 못했다. 이번 공격으로 인해 반수가 넘는 제자들이 쓰러진 것이다.
 '도대체가……'
 '결국 이번에도…….'
 남은 제자들은 등줄기가 어는 듯한 기분이 들었다. 조금만 부딪쳐도 깨질 것 같은 긴장감과 끝이 보이지 않는 암흑에 잠겨 있는 느낌이었다.
 조운학을 보고 있자니 아무리 발버둥 쳐도 넘을 수 없는 벽이 턱하니 버티고 있는 거 같았다.
 조운학은 품속에서 곰방대를 꺼내 물었다.
 "이걸로 끝이야?"
 제자들은 침묵했다. 그중에는 처음 조운학에게 덤볐다가 나가떨어진 현송도 있었다.
 '제, 젠장, 어쩌지…….'
 현송은 조운학에게 맞아 욱신거리는 가슴을 한 손으로 쓰다듬으며 어찌할 바를 모르고 주위를 두리번거렸다.
 제자들은 하나같이 겁에 질려 있었다. 더욱이 조금 전의 공격에 상유란과 서문단려, 그리고 선우궁도 휘말려서 쓰러지고 말았다.
 '그냥 항복해 버려?'
 현송이 심각하게 고민할 때였다.

쓰러져 있던 제자들 중 한 명이 신형을 일으켰다. 너무도 적막했던 때라 모두의 시선이 그곳으로 향했다. 신형을 일으킨 사람은 바로 선우궁이었다.

선우궁은 여타의 제자들과는 달리 별다른 부상을 입지 않았다. 자신보다 앞서 가던 제자 한 명이 힘의 대부분을 온몸으로 막아 줬고, 대륜결이 몸을 보호했기 때문이다. 오른쪽 어깨를 움직이자 찌르르 하는 통증이 느껴졌지만 참을 수 있었다.

그러다 이상한 분위기를 느끼곤 주위를 둘러봤다. 모두의 시선이 자신에게 집중되어 있었다. 하나같이 무언가를 갈구하는 듯한 눈빛이었다.

당황하는 것도 잠시, 선우궁은 침착하게 상황을 파악했다. 제자들 중 반수 이상이 방금 전의 공격으로 모조리 쓰러졌다. 그들 중 자신만이 유일하게 서 있는 것이다.

그때 조운학이 눈에 들어왔다. 곰방대를 입에 문 채 연기를 뿜는 저 여유로움.

'아직… 끝난 게 아니다.'

선우궁은 입술을 질끈 깨물며 조운학을 향해 덮쳐들었다.

조운학의 눈에 이채가 번뜩였다. 이어 그는 귀찮다는 듯이 곰방대를 뻗었다.

그러나 그 곰방대는 빈 허공을 갈랐다. 선우궁의 신형은 어느새 조운학의 바로 옆에 나타났다. 대륜결의 힘이 담긴 목검을 날렸다. 강맹한 힘이 뻗어 나갔다.

 순간 조운학의 얼굴에 놀람의 빛이 스쳐 갔다.

 '이건······.'

 조운학은 곰방대를 내갈겼다.

 콰쾅!

 폭음이 일며 감당키 어려운 강력한 반탄력에 선우궁의 신형이 뒤로 날아갔다.

 선우궁은 한 차례 회선을 한 뒤 신형을 바로잡았다. 아니, 신형을 바로잡자마자 한 소리 기합성과 더불어 그의 몸이 한 줄기 빛살처럼 허공을 갈랐다. 동시에 그의 목검에서 강렬한 일섬이 뻗어 나왔다. 그건 순식간에 조운학의 가슴팍에 닿았다.

 조운학은 신형을 환영처럼 움직이며 그걸 아슬아슬하게 피해 냈다. 그와 함께 곰방대를 기쾌무비하게 번뜩였다.

 선우궁은 자신의 허리를 노려 오는 곰방대를 느끼곤 재빨리 신형을 풍차처럼 팽그르르 돌렸다. 덕분에 그 힘을 실로 종이 한 장 차이로 피할 수 있었다.

 간신히 신형을 바로잡은 그는 발이 채 땅에 닿기도 전에 재차 조운학을 덮쳐 갔다. 그의 목검이 강렬한 떨림을 일으키더니 주위의 공기가 그곳으로 흡수되는 듯한 착각이 일어났다.

 선우궁은 가볍게 땅을 박찬 채 그대로 솟아올라 조운학을 향해 떨어져 내렸다.

 쿠우우우…….

 조운학은 거대한 산악이 떨어지는 것을 느꼈다. 엄청난 압력이 그의 전신을 옭아맸다.

 패도팔검의 다섯 번째 검결인 패도붕천이 펼쳐진 것이다.

 그때, 조운학의 두 눈 어둑한 곳에서 한 줄기 유현한 광채가 피어올랐다. 현현진결을 일으켰다. 그러자 그의 전신을 옭아맸던 압력은 마치 실타래처럼 허무하게 끊어져 버렸다.

 어느새 조운학의 곰방대는 황금빛 광채에 휩싸여 있었다. 천황기로 곰방대를 감싼 것이다. 곰방대가 선우궁의 목검과 그대로 격돌했다.

 콰쾅!

 살갗을 찢어발길 듯한 경력이 사방으로 소용돌이쳐 나갔다.

 "우욱!"

 선우궁은 온몸이 부서지는 듯한 극통을 느끼며 뒤로 거세게 튕겨 나갔다. 간신히 착지하고도 두어 걸음 더 물러나서야 몸을 가눌 수 있었다. 목구멍에 차 오른 핏덩이를 억지로 삼켰다.

 오른손에 힘을 주었다. 다행히 목검을 놓치진 않았다. 대륜결을 끌어올렸다. 처음에는 미약했으나 그 힘은 빠르게 커져 갔다.

다시 고개를 들었다. 그의 두 눈에 황금빛 광채가 가득 차올랐다.

쾅!

가슴팍에서 엄청난 충격이 덮쳐 왔다. 입에서 피분수가 뿜어지며 선우궁의 신형이 훌훌 뒤로 날아갔다.

그의 몸은 거대한 고목에 충돌한 후, 도로 튕겨 나오더니 앞으로 나뒹굴었다.

"크……."

선우궁은 등허리가 부서지는 것 같았고, 가슴을 쥐어짜는 듯한 극통에 거칠게 기침을 내뱉었다.

대륜결의 힘이 일었다. 그건 스스로 일으킨 힘이 아닌 기혈이 뒤틀리자 바로잡기 위한 진원이었다. 전력을 다한 공격이었다. 하지만 조운학은 예상한 대로 자신이 감당할 만한 상대가 아니었다.

"그래도 이 중에서는 쓸 만하다고 해야 하나……."

대륜결의 진원을 이용해 내상을 다스리던 선우궁의 귀에 조운학의 담담한 음성이 들려왔다. 선우궁은 왼손으로 가슴을 움켜쥐며 정면을 바라봤다.

조운학이 히죽 웃으며 자신을 내려다보고 있었다.

선우궁은 그런 조운학을 향해 무슨 말을 하려다 이내 말문을 닫으며 억지로 몸을 일으켰다.

순간 정신이 아찔했다. 몸이 천근만근 무거웠다. 하지만

무인이란 등을 보이지 않고 똑바로 마주 보는 것이다

이를 악물고 참았다. 비칠거리며 걸음을 옮겼다. 금방이라도 쓰러질 듯한 걸음이었으나 결국 조운학의 앞에 설 수 있었다. 그를 직시하며 단호한 표정으로 말했다.

"당신을 쓰러뜨리겠습니다."

"네가 말이야?"

"모두의… 힘입니다."

"그래? 한데 이상하군. 나는 왜 너밖에 보이지 않는 것일까."

조운학의 음성에는 실소가 담겨 있었다. 선우궁은 그 의미를 알지 못했으나 금세 이해할 수 있었다. 주위를 둘러봤다. 제자들은 하나같이 겁에 질린 표정을 짓고 있었다.

선우궁은 가슴을 펴며 외쳤다.

"무엇을 겁먹는단 말입니까? 우리들은 당당한 한 명의 무인. 설사 그 상대가 감당할 수 없는 적이라 할지라도 최선을 다해야 하는 겁니다. 겁을 먹고 도망친다면…쿨럭, 쿨럭!"

크게 외치던 그는 갑자기 가슴에서 덮쳐 오는 극통에 격한 기침을 내뱉었다. 그걸 사력을 다해 억눌렀다. 그러곤 두 눈에서 번갯불 같은 정광을 번쩍이며 말을 이었다.

"지금 겁을 먹고 도망친다면 몸은 고통스럽지 않을 겁니다. 하지만 무인으로서의 명예는 죽는 것입니다. 무릇, 무인이란 등을 보이지 않고 똑바로 마주 보는 것입니다."

그의 말에 제자들이 술렁거렸다. 이윽고 제자들 중 몇 명의 표정이 변하기 시작했다.

그리고 그 기세는 서서히 번져 나갔다.

바로 그 순간, 조운학은 한 제자가 놓쳐서 바닥에 나뒹굴고 있던 목검을 발로 차 버렸다. 그 목검은 빠르게 회전하면서 제자들을 덮쳤다.

쾨쾅!

"크악!"

"으아악!"

폭음과 비명성이 섞이며 4명 정도의 제자들이 뒤로 날아가 땅바닥에 나뒹굴었다. 그러자 마음을 굳게 먹고 나서려던 제자들은 다시 겁에 질린 표정으로 뒤로 물러섰다.

단 한 번의 공격에 선우궁의 말에 마음을 돌리던 제자들을 다시 아무것도 하지 못하게 만든 것이다.

선우궁은 침중한 표정으로 조운학을 쏘아봤다.

하지만 조운학은 아무렇지도 않게 물었다.

"내가 잘못한 거냐?"

"아닙니다."

선우궁은 솔직하게 대답했다. 조운학은 목검을 날림으로써 수십 명에 달할 뻔한 적을 단 한 명으로 만든 것이다.

"이래도 아직 싸울 거냐?"

"그렇습니다."

선우궁은 손에 쥔 검에 힘을 주었다.

3개월간의 수련에서 가장 많은 깨달음을 얻은 건 바로 선우궁이었다. 처음으로 수많은 사람들과 어울려 수련을 했고, 함께 난전을 벌이기도 했다. 그런 경험 하나하나가 참으로 생소했고 흥미로웠다.

 영웅대전을 하면서 자신이 위험하면 제자들은 몸을 던져 도와주고 때론 자신이 제자들을 위험에서 구하기도 했다. 그러다 보니 어느새 제자들과 진심으로 어울리게 되었다. 또한, 자신을 예설사랑의 회원으로 받아들이기도 했다.

 그게 사부님인 나예설을 사모하는 모임이라는 걸 알고는 특별히 거부하지 않았다. 제자들이 사부를 사모하는 거나 자신이 존경하는 거나 다를 바 없다고 생각했기 때문이다.

 그렇게 예설사랑 회원이 되자 제자들은 더욱더 자신을 끈끈하게 대했다.

 선우궁은 사실 기뻤다. 이토록 많은 사람들과 어울리는 게 처음이었기 때문이다.

 그래서 제자들이 힘들어하는 수련도 즐겁게 해 나갈 수 있었다.

 그런 제자들이 하나같이 목표로 삼는 게 있었다. 바로 조운학을 쓰러뜨리는 거였다.

 선우궁은 이런 제자들의 바람을 함께 이루고 싶었다. 그것이 불가능한 일이기에 더욱 해내고 싶었던 것이다.

 그 때문에 선우궁은 결코 포기할 수가 없었고, 이런 그의 마음을 알아차렸는지 문득 조운학의 입가가 살짝 비틀렸다.

"그 자신감만큼의 실력을 가졌는지… 어디 한번 볼까."

조운학은 걸음을 옮겼다. 선우궁은 이를 악물었다. 한 걸음, 한 걸음 조운학이 자신을 향해 다가오고 있었다. 그런 그를 향해 목검을 뻗으려했지만 도통 몸이 말을 듣지 않았다.

그저 걸음을 옮기고 있을 뿐이었다. 하지만 거기에는 자신은 상상할 수도 없는 힘이 담겨 있었다. 마치 거대한 산악이 다가오는 듯했다.

"머, 멈……."

선우궁은 그럼에도 포기하지 않고 입을 열려다 갑자가 굳어 버렸다. 그건 그의 눈이 조운학의 눈과 마주친 순간이었다.

그것은 참으로 맑았다. 하지만 너무도 투명해 시선이 그 바닥까지 닿는 순간 전율이 일었다.

물먹은 솜처럼 온몸의 힘이 빠지고 말았다. 머릿속이 새하얗게 변했다.

선우궁은 그 자세 그대로 돌처럼 딱딱하게 굳어 버렸다. 아무리 사력을 다해 몸을 움직이려고 해도 소용없었다.

'이대로… 이대로 무너지는 건가…….'

선우궁은 안타까웠다.

바로 그때였다.

"무인이란 등을 보이지 않고 똑바로 마주 보는 거라……. 너 제법 멋진 말도 할 줄 알잖아."

상유란이 다가와 옆에 섰다.

"호흡을 천천히… 이왕 마주쳐야 한다면 먼저 자신을 태풍에 휩쓸리지 않도록 만들어."

서문단려도 어느새 다가와 있었다. 상유란과 서문단려는 사실 이번 비무에서 전력을 다하지 않았었다.

두 소녀는 누구보다 잘 알고 있었다. 자신들과 제자들이 아무리 죽기 살기로 덤벼 봤자 조운학을 쓰러뜨리는 건 불가능하다는 걸 말이다. 지금까지 조운학의 경이할 만한 무위를 바로 눈앞에서 몇 번이나 목격하지 않았던가.

그렇기에 상유란과 서문단려의 작전은 적당히 싸우다가 나가떨어지는 거였다.

그래서 작전대로 쓰러져 있었는데 당당하게 맞서는 선우궁의 태도가 두 소녀의 가슴속에 불을 질렀던 것이다.

무엇보다 상유란과 서문단려를 움직이게 한 건 당당한 선우궁의 모습과 죽은 듯이 쓰러져 있는 자신들의 모습을 비교하자니 왠지 지고 있다는 생각이 들었던 때문이다.

상유란이 말했다.

"부러질지언정 꺾이지 않으려면……."

서문단려가 말을 이었다.

"…전심전력으로 부딪친다."

선우궁은 두 눈을 부릅뜬 채 폐부에서 뿜어져 나오는 듯한 기합성을 터뜨렸다.
"하아아압!"
선우궁의 대륜결과 상유란의 혼천광마신공, 마지막으로 서문단려의 천지일기공이 폭발했다. 세 사람의 내부에서 뿜어져 나온 힘이 서로 어우러지더니 조운학의 기세에 대항했다.
그건 시작에 불과했다.
"나도 도망치지 않을 것이다."
"나도."
제자들이 하나 둘 세 사람의 곁으로 합류하더니 지닌바 힘을 폭발시켰던 것이다.
수십 명의 힘이 합쳐지고, 그건 조운학의 기세와 정면으로 충돌했다.
순간 쿠웅! 하는 소리와 함께 조운학과 수십 명의 제자들의 몸이 일순 휘청거렸다.
상유란이 외쳤다.
"지금이다. 공격!"
"우린 할 수 있다!"
"악당을 물리쳐라!"
수십 명의 제자들이 일제히 조운학을 향해 덮쳐들었다.
"야, 악당은 좀 너무하지 않아?"

무인이란 등을 보이지 않고 똑바로 마주 보는 것이다 • 239

조운학은 투덜거리면서 사방에서 덮쳐드는 제자들의 공세를 피하며 때론 공격했다. 여전히 그가 공격할 때마다 제자들은 제대로 피하거나 방어하지 못한 채 얻어맞았다.
 그럼에도 제자들은 물러서지 않았다. 더 이상 고통을 당하는 것에 두려워하지 않은 채 정말로 미친 듯이 달려들었다. 맞고 쓰러져도 어떻게든 몸을 일으켜 다시 덤볐고, 팔이 움직이지 않으면 다리로, 다리도 움직이지 않으면 이빨로 깨물려고 했다. 이토록 지독하리만치 집요한 제자들의 공세에 조운학도 당황하는 듯했다.
 그걸 알아차린 제자들은 더욱 공세에 박차를 가했다. 그러자 조운학도 한 걸음씩 뒤로 밀리기 시작했다.
 "움직여! 너는 할 수 있어."
 "쓰러지면 기어서 다리라도 붙잡아!"
 처절한 싸움이 이어졌다.
 제자들은 그야말로 맹공을 퍼부었다. 악으로 깡으로 버티며 조금이라도 조운학에게 피해를 주기 위해 온몸을 불살랐다.
 그런 제자들의 공격이 계속해서 이어지자 조운학의 호흡이 눈에 띄게 흐트러졌다. 그 대가로 동료들 중 대다수가 쓰러졌지만 제자들은 포기하지 않았다.
 상유란과 서문단려가 움직인 건 바로 그때였다. 한 개의 검형이 허공에 불쑥 튀어나왔다. 검형은 제자들과 뒤엉켜 있는 조운학을 향해 일직선으로 폭사했다. 초연일검결이 펼쳐진 것이다.

"이런……."

조운학의 입에서 처음으로 낭패 어린 음성이 튀어나왔다. 그는 급히 좌수를 뻗었다. 투명한 옥수가 보였다. 그 손은 너무나 아름다웠고, 시리도록 해맑아 보였다.

멸진백옥장이 펼쳐졌다.

아주 자연스럽게, 아니 원래 이곳에 도착하는 게 당연한 것처럼 어느새 덮쳐 오던 검형의 정면에 옥수가 착 달라붙었다.

콰앙!

"크윽."

"으악!"

무시무시한 폭음과 함께 조운학의 주위에 있던 제자들이 뒤로 튕겨져 나갔다.

조운학의 몸도 주르르 뒤로 밀려 나갔다.

그때 서문단려가 덮쳐들었다. 그녀는 조용히 검을 뻗었다. 느리지도, 그렇다고 빠르지도 않은 단순한 찌르기였다. 하지만 조운학은 재빨리 신형을 비틀어 피했다.

그때부터 시작되었다.

서문단려의 검이 베고 찌르며, 당기고 밀었다. 그 변화들이 차분하게 펼쳐졌다. 그럼에도 전혀 모자람이 보이지 않

무인이란 등을 보이지 않고 똑바로 마주 보는 것이다 • 241

았다. 하나하나의 움직임마다 가야 할 곳만 찾아가고 있었다.

어느새 서문단려의 신형은 보이지 않았고 짙은 검향만이 허공에 가득 찼다.

옥녀금침십삼검의 정수가 화려하게 펼쳐졌다.

조운학은 자신이 서문단려의 검의 경계에 갇혔다는 걸 알아차렸다. 어디에서도 볼 수 없었고 어떤 움직임도 느낄 수가 없었다. 그런데 서문단려의 목검은 어느새 자신의 지척에 닿아 있었다.

곰방대로 쳐 내려 하니 그 목검은 환영처럼 사라지고 어느덧 다른 곳을 노리고 공격해 왔다.

"아직 멀었어."

조운학의 두 눈에서 섬광이 번뜩이며 곰방대를 위에서 아래로 내질렀다.

쿠아아아앙!

공기가 갈가리 찢어지며 서문단려가 가뒀던 검의 경계가 산산이 부서졌다.

조운학의 눈동자가 휘청거리며 물러서고 있는 서문단려와 기다렸다는 듯이 덮쳐드는 선우궁을 담았다. 선우궁은 무시무시한 기세로 목검을 휘둘렀고, 그에 조운학은 어쩔 수 없이 곰방대로 막았다.

콰앙!

한 차례의 굉음과 함께 조운학은 곰방대를 통해 덮쳐드는 무시무시한 충격에 주르르 뒤로 밀려 나갔다.

그때부터 시작되었다.

선우궁은 연이어 패도팔검을 펼치며 조운학을 압박해 들어갔다. 선우궁의 공세는 너무도 광폭했고 거셌다. 조금이라도 방심하면 그 기세에 휩쓸려 버릴 것만 같았다.

조운학이 다시 반격을 하려고 할 때 선우궁의 양옆으로 상유란과 서문단려가 나타나 합공을 퍼부었다. 세 사람의 공세는 절묘하게 맞물려 조운학을 연신 뒤로 물러서게 했다.

"지금이 마지막 기회다."

"덤벼!"

제자들도 악에 받친 표정으로 사방에서 덮쳐들었다. 조운학의 여유롭던 표정이 굳어졌다.

"이것들이!"

그의 곰방대가 불가사의하게 움직이는가 싶더니 환상처럼 수십 개로 갈라졌다. 그건 상유란과 서문단려를 비롯해 선우궁과 제자들을 향해 일제히 덮쳐들었다.

콰콰콰쾅!

"크아아악!"

"크헉!"

사방에서 덮쳐들던 제자들이 비명과 함께 일제히 튕겨져 나갔다. 상유란과 서문단려, 그리고 선우궁만이 간신히 버

무인이란 등을 보이지 않고 똑바로 마주 보는 것이다

졌다. 하지만 입가에 실피를 흘리고 있는 게 내상을 입었음을 알 수 있었다.

 그때 조운학은 묘한 것을 보게 되었다. 상유란의 입가에 한 가락 미소가 맺혀 있었던 것이다. 순간 그는 뒤에서 섬뜩한 무언가가 덮쳐오는 걸 알아차렸다.

 재빨리 뒤돌아보니 한 개의 검형이 덮쳐들고 있었다. 초연일검결이었다.

 '한 번밖에 펼칠 수 있는 게 아니었어? 그러고 보니……'

 조운학은 조금 전에 멸진백옥장으로 없앨 수 있었던 검형을 떠올리고 이상하다는 걸 알아차렸다. 초연일검결의 위력이 예상보다 약했기 때문이다.

 '그렇군. 힘의 배분을 하게 되었군.'

 상유란은 지금까지의 수련으로 초연일검결에 큰 정진을 이룰 수 있게 되었다. 먼저 초연일검결을 허공에서 두 번이나 자신의 의지대로 방향을 꺾을 수 있게 되었다. 또한, 한 번 펼치면 대부분의 내공이 사라져 또다시 펼칠 수 없었던 초연일검결을 내공의 배분을 통해 두 번이나 펼칠 수 있게 된 것이다.

 감탄도 잠시.

 조운학은 이미 피하기에는 늦었는지라 곰방대에 천황기를 담아 맞부딪쳤다.

 콰앙!

무시무시한 충격에 하마터면 곰방대를 놓칠 뻔했다. 하지만 미처 충격이 가시기도 전에 다시 신형을 돌려야 했다. 상유란이 지쳤는지 쓰러지고 서문단려가 덮쳐들었다.

서문단려의 목검에 영롱한 빛이 어리기 시작했다. 이어 그녀가 목검을 현란하게 휘두르자 허공에 빛의 선이 만들어졌다.

조운학은 부지불식간에 외쳤다.

"검기!"

절정의 무위를 지녀야만 펼칠 수 있다는 검기를 아직 어린 서문단려가 선보인 것이다. 서문단려는 천지일기공의 모든 힘을 폭발시켜 검기를 유지했다. 그녀가 검기를 펼칠 수 있는 시간은 아직 반 각 정도에 불과했다. 하지만 검기의 날카로움은 잠시나마 조운학을 함부로 움직이지 못하게 하기에 충분했다.

그 순간 선우궁이 조운학의 지척까지 다가와 있었다.

"응?"

조운학이 놀랄 사이도 없이 선우궁은 목검을 앞으로 뻗었다. 목검은 그저 담담히, 흐르는 물처럼 앞으로 뻗어 나갈 뿐, 어떠한 변초도 없고 위력도 느껴지지 않았다.

하지만 정작 당하는 입장인 조운학은 달랐다. 그저 앞으로 뻗어 오는 검이건만 피할 수가 없었다. 마치 움직일 수 있는 모든 방위를 완전히 차단당한 것 같았다. 재빨리 곰방대로 막으려고 하니 어느새 다가온 현송이 목검으로 막아 버렸다.

선우궁의 목검이 조운학의 가슴팍을 강타했다.

그 순간 모두의 움직임이 정지했다. 제자들의 시선은 하나같이 조운학에게 향해 있었다.

깊은 정적이 흐르고 조운학의 입이 열렸다. 순간 그는 울컥 한 움큼의 핏덩이를 토했다. 이어 조운학은 한 차례 씩 웃으며 말했다.

"너희들이… 이겼다."

조운학의 몸이 그대로 뒤로 넘어갔다.

천지가 떠나갈 듯한 환호성이 터져 나온 건 바로 그때였다.

"우와아아악!"

"이겼다! 우리가 이겼어!"

"우하하하하! 우리가 악당을 물리쳤어!"

제자들은 함성을 지르고 서로 부둥켜안으며 제자리에서 방방 뛰었다.

그들은 기뻤다. 자신들이 드디어 해냈다. 불가능하리라 생각했건만 조운학을 쓰러뜨린 것이다. 기쁨을 참을 수 없었고 절로 함성이 터져 나왔다.

"으흐흑, 해냈어. 우리가 해냈다고……."

"이봐, 왜 우는 거야. 크윽!"

믿기지 않는 현실에 통곡하는 제자들도 있었고 서로 뺨을 꼬집으며 꿈인지 현실인지 확인하는 제자들도 있었다.
"현실이야. 꿈이 아냐."
"우리가… 우리가 해낸 거야."
제자들의 기쁨은 커져만 갔다. 특히, 마지막에 조운학에게 일격을 가한 선우궁에게 다가가 모두가 한 번씩 거세게 껴안았다.
"네 덕분이다."
"마지막 일격, 너무나 눈부셨어."
"나는 조금 전의 광경을 평생 잊을 수 없을 거야."
선우궁은 그런 제자들과 기쁨을 함께하면서도 내심 한 줄기 의아함을 가지고 있었다.
'마지막 일격… 꼭 조 장로님이 일부러 맞아 주신 거 같았어…….'
조운학이 자신의 목검에 맞아 쓰러지자 가장 놀란 건 바로 선우궁이었다. 정말로 사력을 다한 일격이었으나 다른 의미로는 이판사판이나 다름없었던 공격이었다.
한데, 그걸 조운학이 너무도 쉽게 허용한 거 같았다. 물론 상유란과 서문단려. 그리고 현송이 몸을 날리며 도왔지만 그래도 왠지 찜찜했다.
'기우겠지…….'
그러나 선우궁은 금세 지금의 의심을 털어 버렸다. 다시 생각해 보니 조운학이 일부러 맞아 줄 이유가 없었다. 누구보다 자신의 몸을 아끼고 귀찮은 걸 싫어하는 성격이 아닌가.

이렇듯 선우궁이 스스로 납득할 때 상유란과 서문단려는 기절한 듯 두 눈을 감은 채 누워 있는 조운학의 옆에 쪼그려 앉아 연신 고개를 갸웃거리고 있었다.

상유란이 조심스럽게 조운학을 흔들었다.

"사부님, 사부님?"

그러나 조운학은 움직일 기미가 보이지 않았다. 서문단려가 가슴에 손을 얹었다.

"숨은 쉬고 계셔……. 그리고 정말로 기절하셨어."

"이상하잖아."

상유란의 표정이 심각하게 변했다.

"사부님이 겨우 그런 일격에 기절하시다니."

"맞아."

"이유가 뭐지?"

"몰라."

"사부님이 깨어나시면 우리를 칭찬하실까?"

서문단려의 표정이 묘하게 변했다.

"유란아."

"왜?"

"망상도 지나치면 병이야."

"……."

상유란은 분하다는 표정을 짓다가 금세 무언가를 떠올리고는 크게 외쳤다.

"그럼 도망쳐야지."

"유란아."

"왜?"

"어디로 도망쳐?"

"……."

상유란은 거듭 분하다는 표정을 지었다. 서문단려는 조운학의 한쪽 팔을 부축해 일으키며 말했다.

"너도 도와. 우선 사부님을 집으로 모시자."

"아, 알았어."

상유란도 조운학의 나머지 한쪽 팔을 부축했다. 이어 걸음을 옮기려던 두 소녀의 앞을 일단의 무리들이 막아섰다. 바로 환호하던 제자들이었다. 그들의 선두에는 현송이 턱하니 서 있었다. 제자들의 표정은 하나같이 진지하기 이를 데 없었다.

상유란과 서문단려가 긴장할 정도였다. 두 소녀는 혹시 제자들이 기절한 조운학에게 해코지하려는 게 아닌가 싶어 경계했다.

바로 그때, 돌연 현송은 절박함이 잔뜩 묻어 있는 표정을 짓더니 사정했다.

"제발 조금만 더… 조 장로님의 기절한 모습을 지켜보면 안 될까?"

그건 다른 제자들도 마찬가지였다.

"죽을 고생을 하며 드디어 조 장로님을 쓰러뜨렸다……. 그러니 이 기쁨을 조금이나마 더 만끽하게 해 다오."

"내 평생 이토록 기뻤던 적은 처음이다. 제발 시간을 조금 더 다오."

무릎을 꿇는 제자도 있었다.

"내가 이렇게 부탁하마. 응?"

상유란과 서문단려는 황당하다는 듯이 서로를 바라봤다. 설마 제자들이 바라는 게 조운학의 기절한 모습을 조금이나마 더 보는 것일 줄이야.

'벼, 변태다. 모두 변태들이야.'

'뭐야, 이 사람들. 무서워…….'

두 소녀는 자신도 모르게 주춤 뒤로 물러섰다. 이어 상유란과 서문단려의 시선이 조운학에게 향했다.

새삼 느끼지만 참으로 대단한 사부였다. 단지 기절해 있는 모습만으로도 이토록 많은 사람들에게 기쁨을 주다니 말이다.

두 소녀의 시선이 다시 뒤엉켰다.

'어쩌지?'

'나도 몰라.'

'저 사람들… 너무 불쌍해.'
'그건 그렇지만……'

상유란과 서문단려가 잠시 주저하자 제자들은 기절한 조운학을 조금이라도 더 보기 위해 에워싸기 시작했다.

바로 그때였다.

"모두 비키세요!"

한 소리 냉갈과 함께 허공에서 8개의 검형이 제자들을 향해 덮쳐들었다.

"으, 으악!"

"피해!"

제자들은 놀라며 순식간에 사방으로 흩어졌다. 8개의 검형은 제자들을 모두 조운학에게서 떨어지게 한 후에 원을 그린 채 허공을 맴돌았다.

이어 모습을 드러낸 건 바로 나예설이었다.

상유란과 서문단려는 깜짝 놀랐다.

"나, 나 언니."

"저기……."

그러나 나예설은 두 소녀를 무시한 채 기절해 있는 조운학에게만 시선을 집중했다. 그러다 그녀는 손을 뻗어 조운학의 한쪽 손을 잡았다. 이어 잠시 두 눈을 감았다. 마치 조운학의 상태를 알아보는 거 같았다. 나예설은 다시 조심스럽게 손을 놓으며 말했다.

무인이란 등을 보이지 않고 똑바로 마주 보는 것이다

"내상을 입으셨지만 심하지는 않구나. 하지만……."

그녀의 시선이 제자들에게 향했다. 어느새 나예설의 표정은 얼음장처럼 굳어 있었고 두 눈에서는 싸늘한 한기가 뿜어져 나왔다. 그와 함께 허공에서 맴돌던 8개의 검형이 우웅 하는 울음을 토해 냈다. 마치 금방이라도 움직일 것만 같았다.

제자들은 이런 나예설의 행동에 당황하면서도 감히 눈을 마주치지 못했다. 다만, 한 가지는 알 수 있었다. 조운학의 부상에 나예설이 진심으로 화를 내고 있다는 것을 말이다.

다행히 허공에서 맴돌던 8개의 검형은 어느 순간 거짓말처럼 사라져 버렸다.

나예설은 다시 시선을 돌리며 말했다.

"가자. 조 공자를 안으로 모셔야지."

"예."

상유란과 서문단려는 재빨리 조운학을 부축해 나아갔다. 두 소녀는 등줄기에 식은땀이 흐르는 걸 느꼈다. 지금 나예설에게서 느껴지는 기세가 너무도 무서웠기 때문이었다.

그때 문득 나예설의 시선이 옆으로 향했다. 그곳에는 선우궁이 머쓱한 표정으로 서 있었다. 그는 사부인 나예설이 무감정한 시선으로 자신을 바라보자 당황하며 어찌할 바를 몰랐다.

그런 선우궁의 시선에 언뜻 멀리 떨어져 있던 선옥정이 들어왔다. 선옥정은 답답한 표정으로 열심히 몸으로 무언가를 설명하고 있었다. 선우궁은 그제야 자신의 여동생이 무엇을 말하고자 하는지 알아차렸다.

그는 급히 조운학에게 다가가 상유란과 서문단려를 도와 그를 부축했다. 다행히 나예설의 시선이 거두어져 선우궁은 내심 안도의 한숨을 흘렸다.

제자들은 그렇게 나예설이 사라지는 뒷모습을 멍하니 바라봐야만 했다. 이어 제자들 중 일부가 털썩 무릎을 꿇었다.

"우리가 이겼는데… 왜… 왜……."

"죽어라 고생해서 겨우 해냈다고 생각했는데……."

제자들은 오열했다. 대체 왜 나예설이 자신들에게 화를 낸단 말인가. 이 모든 원인을 제공한 건 바로 조운학이 아니던가. 자신들은 그저 살기 위해 최선을 다했을 뿐이었다. 더욱이 나예설이 지켜본다고 하기에 더욱 사력을 다했었다. 즉, 조운학을 쓰러뜨린 자신들은 나예설에게 칭찬받아 마땅했다.

그런데 오히려 자신들에게 화를 내다니. 제자들은 하늘이 무너지는 기분이었다.

그때 현송이 크게 외쳤다.

"울지 말거라! 우리는 승리자. 오늘 당당한 승리를 움켜쥐었단 말이다."

"큭……."

무인이란 등을 보이지 않고 똑바로 마주 보는 것이다

"그래도 나 문주님이……."

"이런 나약한 녀석들! 우리의 사랑이 겨우 이 정도에 불과했더냐. 설사 나 문주께서 우리 모두를 경멸한다 할지라도 나는 결코 허물어지지 않을 것이다. 왜냐고? 나 문주님을 향한 나의 이 마음은 영원불멸하기 때문이다. 설사 훗날 나 문주님이 다른 사람과 혼약을 치른다 할지라도!"

현송은 여기서 잠시 말을 멈춘 뒤 제자들을 훑어봤다. 어느새 제자들은 모두 자신의 말에 귀를 기울이고 있었다. 그는 입가에 환한 미소를 지으며 말했다.

"나는… 누구보다 먼저 나 문주님을 축하해 줄 것이다."

"크흑……."

"아……."

제자들은 감격 어린 표정으로 말을 잊지 못했다. 주르륵 눈물을 흘리는 제자도 있었다. 그때 제자들 중 한 명이 두 손을 번쩍 들며 외쳤다.

"회주님 만세!"

"만세!"

제자들도 이 기묘한 분위기에 빠져 열광적으로 호응했다.

"회주님 만세!"

"만세!"

현송은 제자들이 자신을 환호하자 뿌듯함을 감출 수가 없었다. 왠지 가슴이 뭉클한 게 눈물이 날 것만 같았다.

'그래… 내가 아니면 누가 이놈들을 돌보겠어…….'

조운학은 나예설과 제자들에 의해 거처로 옮겨졌다. 침상에 가지런히 누운 그에게 나예설은 직접 이불을 덮어 주며 말했다.

"아무래도 돌아가서… 내상에 좋은 약을 가져와야겠어."

그녀는 상유란과 서문단려가 만류하기도 전에 밖으로 나갔다. 두 소녀는 잠시 조운학을 바라보다 서로를 향해 시선을 마주쳤다.

상유란이 물었다.

"우린 어쩌지?"

서문단려가 대답했다.

"식사를 준비하자."

"요리하자고?"

"그래. 사부님의 지시였지만 한동안 수련하느라 식사를 준비해 드리지 못했잖아. 그러니 사부님이 깨어나시면 맛있는 식사를 하실 수 있게 준비하자."

"좋은 생각이야."

상유란은 반색하다 슬그머니 물었다.

"그런데 말이야… 식사를 준비하면 사부님께서 용서해 주실까?"

"유란아."

"그, 그냥 궁금해서 물어본 거야. 궁금해서……."
"사부님 쉬시게 나가자."
"알았어."
두 소녀는 밖으로 걸음을 옮겼다. 하지만 상유란은 집요했다.
"그래도 모르잖아… 혹시 용서해 주실지……."
"너……."
"사실 너도 궁금하잖아……."
"아니……."
문이 닫히고 상유란과 서문단려의 음성이 멀어졌다.
잠시 후, 침상에 누워 있던 조운학의 두 눈이 스르르 떠졌다. 그는 조용히 눈동자를 굴려 주위를 살폈다. 이윽고 조운학의 입가에 한 줄기 회심의 미소가 걸렸다.
"모든 건 계획대로야……."
그는 다시 두 눈을 감았다.

제8장
전설의 허공답보가 펼쳐지다

협주의 선자산.

멀리서 바라보면 산봉우리가 겹겹이 이어지는 모습이 마치 병풍이나 부채 같다고 해서 붙여진 이름이다. 또한, 이곳에는 타원형의 거대한 돌들이 우뚝 솟아 있다. 이 모습이 마치 입을 벌려 혀를 내밀고 눈을 부라리는 두꺼비처럼 보이기 때문에 하마석이라고도 불렀다.

바로 이 하마석을 지나면 녹림의 총본산이 존재한다. 한데, 지금 총본산에서는 수백 명에 달하는 사람들이 서로 칼부림을 하고 있었다. 각자 녹의와 흑의를 걸친 무인들이 뒤엉켜 싸우는 것이다.

"죽어라!"

"크아아악!"

"이노옴!"

고함과 비명 소리와 함께 병장기 부딪치는 소리가 울려 퍼졌다.

그때 두 인영이 그런 전장에 막 도착했다. 한 명의 여인과 노인이었다. 그중 20대 중반의 아름다운이 여인이 검을 뽑으며 말했다.

"사부님, 저도 합류하겠습니다!"

여인은 노인의 대답을 기다리지도 않은 채 전장에 뛰어들었다.

"으음……."

선풍도골의 노인이 침음성을 흘렸다.

노인은 공동검협(崆峒劍俠) 이진극으로, 구파 중 한 곳인 공동파가 배출한 고수 중 한 명이었다. 한때 감숙 지방에서 명성을 떨치던 무인이기도 했다.

10년 전, 이진극은 선자산을 건너다 우연히 한 소녀와 연을 맺게 되었고, 제자로 삼았다. 그 소녀의 이름은 사의경이었고, 방금 전 전장에 뛰어든 여인이기도 했다. 중요한 건 사의경이 당시 녹림 총채주인 사준평의 두 명의 자식 중 둘째였다는 것이다.

구파는 녹림을 배척하지는 않으나 그렇다고 함께 어울리지도 않았다. 서로 경계를 두고 외면하는 사이였던 것이다.

그렇기에 공동파의 무인인 이진극이 녹림 총채주의 자식을 제자로 삼는다는 건 파격적인 일이었다. 당연히 공동파에서도 반대했었다. 하지만 이진극은 고집을 꺾지 않았다.

그러자 녹림 총채주인 사준평도 이진극의 이런 고집에 결국 딸인 사의경을 내줬다. 그 후, 이진극은 사의경을 직전 제자로 삼아 자신의 무공을 전수했다.

사의경의 자질은 참으로 뛰어나 엄청난 성취를 보였다. 또한, 그런 사의경을 배척하던 공동파도 시간이 지날수록 서서히 그녀를 받아들이게 되었다.

그러다 얼마 전 놀라운 사실이 전해졌다. 녹림 총채주인 사준평과 그의 아들인 사용기가 죽었다는 것이다. 그 소식을 전해 온 건 녹림구왕 중 한 명인 대력권왕(大力拳王) 관승지였다. 관승지는 녹림 총채주였던 사준평과 호형호제하는 사이로, 사의경도 어릴 적부터 따랐던 인물이었다.

관승지는 지금까지의 사정을 자세히 전해 왔다.

예지광이라 불리는 사내가 사준평의 눈에 띄어 녹림도로 들어오게 되었다. 예지광은 뛰어난 무공과 능력으로 순식간에 녹림의 부채주가 되었다.

한데 그 뒤로 얼마 지나지 않아 사준평과 사용기가 길을 가다 의문의 죽음을 당하고 말았다. 녹림은 범인을 밝히기 위해 최선을 다했으나 소용없었다.

그러자 녹림은 혼란스러워졌다. 그때 예지광이 엄청난 무위로 녹림구왕을 제압하고는 순식간에 녹림을 장악해 버렸다.

녹림구왕 중 한 명이었던 관승지도 예지광에게 고개를 숙였다. 하지만 그건 거짓 충성에 불과했다.

그는 분명히 음모가 있을 거라는 생각에 녹림영부를 빼돌렸다. 녹림영부가 있어야만 진정한 녹림 총채주가 될 수 있기 때문이었다.

예지광은 그 녹림영부를 찾기 위해 전념했고, 관승지는 그때를 노려 음모를 파헤쳤다. 관승지의 집요한 노력 끝에 예지광이 어떤 정체 모를 단체의 하수인이라는 걸 알 수 있었다. 또한, 사준평과 사용기의 죽음도 예지광과 그 단체가 주도했다는 걸 파악했다.

그 뒤로 예지광은 녹림도들을 설득하며 자신의 편으로 끌어 모았다. 그러다 기회가 찾아왔다. 예지광이 직접 녹림영부를 찾기 위해 녹림구왕 중 몇 명을 이끌고 총본채를 떠난 것이다.

예지광은 이때를 노려 몰래 규합한 녹림도들과 함께 총본채를 장악할 계획이었다.

그러나 예지광이 남겨 두고 간 사람들이 문제였다. 한 명은 녹림구왕 중 한 명으로 가장 먼저 예지광에게 붙은 흑선왕(黑扇王) 구만혁이었다.

구만혁은 현재 녹림 부채주이기도 했다. 하지만 관승지는 구만혁을 충분히 상대할 자신이 있었다. 가장 큰 문제는 예지광이 이곳 녹림에 들어올 때부터 부하로 함께 들어온 한

쌍의 남녀였다. 각기 혈마와 혈도로 불렸으며 그들의 무위는 녹림구왕을 능가했다.

그 때문에 관승지는 사의경에게 서신을 보내어 도움을 요청한 것이다.

사의경은 부모님의 원수를 갚아야 하기에 사부인 이진극에게 간청했다. 이진극은 차마 하나뿐인 제자의 간청을 외면할 수 없어 함께 하산한 것이다.

그리고 그렇게 도착해 보니 이미 싸움은 벌어져 있었다.

피가 튀었고, 비명이 난무했다. 호통 소리와 흉악한 살기가 장내를 지배했다.

그 와중에 마치 양 떼를 쫓는 사자처럼 적을 무인지경으로 몰아붙이고 있는 한 인영이 있었다. 청수한 인상의 노인. 바로 사의경에게 서신을 보낸 녹림구왕 중 한 명인 관승지였다.

대련권왕이라는 별호답게 그의 무공은 단연 독보적이었다. 그의 주먹은 강대한 기세로 주변을 휩쓸었고, 적들은 가랑잎처럼 쓰러졌다. 그의 무위에 적들의 기세가 일순 주춤거렸고, 그 기세를 틈타 밀리기만 하던 아군이 대대적인 반격에 나섰다.

혈전이 벌어지고 있는 장내에서 약간 떨어진 곳에 세 인영이 서 있었다. 한 명의 노인은 녹림구왕인 구만혁이었고 무표정한 얼굴의 남녀는 각기 혈마와 혈도였다.

구만혁은 얼굴과 몸이 시체처럼 말라 있었고 두 눈에서는 교활한 빛이 연신 번뜩였다. 그는 여유롭게 부채를 부치고 있었다.

그렇게 눈앞의 혈전을 주시하던 구만혁은 종횡무진 날뛰는 관승지를 바라보다가 혈마를 향해 말했다.

"처리해 주시오."

"알겠다."

혈마의 신형은 사라졌다. 그는 어느새 관승지를 향해 벼락같이 쇄도하고 있었다. 혈마의 양손에서 검은 장염이 뿜어져 나갔다.

관승지는 침착하게 좌측으로 일 보 이동하며 그걸 흘렸다. 그리고 바로 땅을 박차며 혈마의 품속으로 파고들었다. 그의 주먹에서 무지막지한 힘이 폭발했다.

그러나 혈마는 허상을 남길 정도의 빠른 움직임으로 관승지의 공세를 번번이 빗나 가게 만들었다. 오히려 허를 노리며 쏘아 오는 검은 장염이 관승지를 위급한 사태까지 몰아붙였다.

밀고 밀리는 팽팽한 접전이 벌어졌다. 두 사람은 허공에서 한 차례 충돌한 뒤 떨어졌다. 순간, 서로의 눈빛이 뒤엉켰다. 혈마는 관승지를 향해 또다시 가공할 속도로 쇄도했다.

그걸 본 관승지는 주먹 끝을 혈마에게 향했다. 그의 눈빛이 번쩍하고 번갯불 같은 광망을 토했다. 주먹에서 백광이 번쩍인 후, 쭉 늘어나는가 싶더니 혈마의 가슴을 꿰뚫어 버렸다.

권법을 터득한 자라면 누구라도 바라 마지않는 경지인 권기였다. 그것도 3장의 거리를 꿰뚫을 정도면 완숙의 경지에 올랐다고 볼 수 있었다.

  관승지의 눈가에 회심의 빛이 감돌았다. 하나, 그건 이내 경악으로 바뀌었다. 가슴에서 피분수가 뿜어져 나옴에도 혈마의 기세에는 변함이 없었기 때문이다.

  급히 신형을 뒤로 퉁겼다. 그러나 혈마는 어느새 지척까지 다가와 있었다. 두 줄기의 장염이 관승지가 어찌할 새도 없이 가슴팍을 강타했다.

  쾅!

  가죽 북이 터지는 소리와 함께 관승지의 신형이 훌훌 뒤로 날아갔다. 그리고 거칠게 땅바닥에 처박혀 버렸다.

  그것으로 끝이 아니었다. 혈마는 간신히 상체를 일으키고 있는 관승지를 향해 마치 유성이 떨어지듯이 무시무시한 속도로 육박해 갔다.

  그때, 관승지의 앞을 한 인영이 막아섰다. 바로 이진극이었다. 다음 순간, 환상처럼 한 줄기 검광이 나타나더니 날벼락처럼 허공을 번쩍 갈랐다.

  푸하학!

  혈마의 가슴이 허연 뼈가 보일 만큼 갈라지더니 피분수가 뿜어져 나왔다. 그럼에도 그는 끝까지 관승지를 포기하지 않고 그를 향해 양손을 뻗었다. 이내 검은 섬광이 폭발했다.

이진극의 안색이 굳어졌다. 만약 저 검은 섬광을 피하면 뒤에 있는 관승지는 꼼짝없이 당할 것이다. 이진극은 검에 내공을 집중한 뒤, 검은 섬광과 맞부딪쳤다.

쾅! 하는 소리와 함께 이진극의 신형이 휘청거렸고, 검은 섬광은 아슬아슬하게 그의 오른쪽 옆구리를 스쳐 지나갔다. 그럼에도 오른쪽 옆구리의 살이 한 움큼 터져 나갔고, 거기에서 피가 뿜어졌다.

혈마의 양손에서 연이어 검은 섬광이 폭발했다. 이번의 목표는 이진극이었다.

이진극은 신형을 풍차처럼 회전시키며 우측으로 피했다. 검은 섬광은 종이 한 장 차이로 비껴 나갔다. 일순간 이진극의 검이 현란하게 움직이며 허공을 갈랐다. 마치 허공에 수십 개의 하얀 선이 그어진 것 같았다.

혈마는 재빨리 왼쪽으로 미끄러지듯이 움직였으나, 오른쪽 어깨가 갈라져 피가 튀었다. 동시에 그는 좌장을 활짝 펼치더니 허공을 때렸다.

쿠아아아앙!

위맹 무쌍한 장력이 쏟아져 나가 이진극을 덮쳤다. 하지만 이진극은 그걸 가볍게 흘리고는 무시무시한 속도로 혈마를 향해 덮쳐들었다.

혈마는 기기묘묘한 움직임으로 그를 떨쳐 내려 했다. 하지만 이진극은 마치 실이라도 달린 듯 그에게서 떨어지지 않았다. 그의 검이 번쩍일 때마다 혈마의 몸에서 피가 튀기며 그는 순식간에 혈인으로 변해 버렸다.

그러던 어느 순간, 혈마의 두 눈에서 섬뜩한 붉은 안광이 폭사했다. 그는 쌍장을 합쳤다가 빠르게 떨쳤고, 지금까지와는 비교도 안 되는 검은 섬광이 가공할 속도로 뻗어 나갔다.

이진극의 모든 내공이 집중된 듯 검이 우우웅! 하는 울림을 토했다. 그가 검을 떨치자 투명한 백광이 날벼락처럼 쏟아져 나왔다. 마치 이진극과 혈마 사이의 거리가 갈라지는 것 같았다.

공동파가 자랑하는 절학인 사일검법을 펼친 것이다. 혈마가 쏘아 보낸 검은 섬광이 반듯하게 반으로 갈라졌다. 동시에 혈마의 가슴팍도 쩍 하니 갈라져 버렸다.

푸하학!

붉은 피가 뿜어져 나오며 혈마의 몸이 뒤로 넘어갔다. 그의 몸이 몇 번 꿈틀거리다가 이내 움직임이 사라져 버렸다.

이진극은 울컥하고 한 움큼 핏덩이를 토했다. 간신히 물리쳤으나 만만치 않은 상대였다. 그리고 처음에 관승지를 보호한다고 옆구리에 부상을 입은 게 너무 컸다.

이진극의 가공할 무위에 기세가 오른 아군을 향해 사의경이 외쳤다.

"지금이다. 쳐라!"

아군은 더욱 전의를 불태웠고, 곧 격렬한 충돌이 다시 일었다.

"죽어라!"

"크아아악!"

고함 소리와 병장기 부딪치는 소리가 울려 퍼졌다. 붉은 피는 시내를 이루었다.

'위험하다.'

이진극은 거친 숨을 내쉬며 장내를 주시했다. 관승지가 보낸 서신에서 회유한 녹림도들은 모두 녹의를 걸치고 싸우기로 했다. 그 녹의인들이 적인 흑의인들을 압도하는 듯했으나, 그건 잠시에 불과했다. 먼저 인원수에서 밀리고 있었다. 관승지가 사력을 다해 녹림도들을 회유했으나 예지광을 따르는 이가 더 많았던 것이다. 이대로 간다면 전멸은 시간문제였다.

이진극은 조용히 호흡을 가다듬고는 잠시 두 눈을 감았다. 그리고 다시 두 눈을 떴을 때는 이미 그 자리에서 사라진 후였다.

잠시 후, 그는 아군에게 마지막 일격을 가하려던 한 흑의인의 바로 앞에 환상처럼 나타났다.

"무슨……."

흑의인은 재빨리 신형을 옆으로 이동시켰다. 하지만 이진극의 검은 어느새 흑의인의 한쪽 어깨를 뚫고 있었다. 연이어 이진극의 일장이 흑의인의 가슴을 강타했다.

흑의인은 입 밖으로 피를 뿜으며 뒤로 날아가 버렸다. 그걸 본 적들 중 3명이 이진극을 향해 일제히 덮쳐들었다. 그와 동시에 이진극의 검이 번쩍하며 공간을 갈랐다.

그의 검에서 한 가닥 새하얀 광채가 뻗어 나와 무서운 속도로 흑의인들을 향해 쏘아졌다. 흑의인들은 바람에 흩어지듯이 산개하며 그걸 피했다. 그리고 이진극을 삼면에서 덮치며 일제히 검을 뻗었다.

하지만 이진극의 신형은 스르르 먼지 흩어지듯이 사라져 버렸고, 흑의인들의 공격은 빈 허공을 갈랐을 뿐이다.

그 모습에 흑의인들은 일순 주춤거렸고, 이진극은 그들 중 한 명의 바로 등 뒤에 나타났다.

검광이 번뜩였고, 흑의인은 등줄기에서 피를 뿜으며 쓰러졌다. 남은 2명의 흑의인은 대경하며 다시 한 번 이진극을 향해 합공했다.

그러나 그들이 채 다가오기도 전에 이진극의 신형은 일 장 가량 미끄러지듯이 밀려났고, 동시에 땅바닥에 널브러져 있던 검들을 들고 있는 검끝으로 쳐냈다.

서너 개의 검이 허공을 갈랐다. 2명의 흑의인은 급히 그걸 피했다. 그 순간을 노려 이진극은 다시 앞으로 쇄도했고 연이어 두 줄기의 검광이 번뜩였다.

두 흑의인은 무너지듯이 쓰러졌다. 이진극은 한순간에 4명의 적을 쓰러뜨렸다. 그게 시작이었다.

이진극의 무공은 엄청났다. 연신 공동파의 진산절예가 뿜어져 나왔고, 수많은 흑의인들의 합공을 냉정하고 침착하게 받아 내고 있었다. 그러면서 조금이라도 틈이 보이면 검에서 백광이 번쩍였고, 그때마다 흑의인들은 한 명씩 힘없이 쓰러졌다.

이진극의 압도적인 신위에 녹의인들은 용기백배하며 반격에 나섰다.

바로 그때였다.

막 한 흑의인을 쓰러뜨리고 검을 거두고 있는 이진극을 향해 수십 개의 검은 빛줄기가 쏟아졌다. 그 빠름과 기세는 가공할 만했고, 그는 꼼짝없이 빛줄기에 전신을 꿰뚫릴 것만 같았다.

이진극은 재빨리 검으로 원을 그렸다. 그러자 검에서 희뿌연 백기가 일어났다. 수십 개의 검은 빛줄기가 희뿌연 백기에 작렬했다.

파파파파팟!

격렬한 타격음과 함께 흙먼지가 피어올랐다. 흙먼지는 이내 사라졌고, 그 가운데에 드러난 이진극의 모습은 안쓰러울 정도였다. 그는 검에 몸을 의지한 채로 간신히 신형을 바로잡고 있었다.

그는 혈마를 물리치면서 허리를 다치고 내상을 입었던 것이다. 그리고 그 상태로 전세를 되돌리기 위해 무리하면서까지 무공을 펼쳤다. 몸에 무리가 가는 건 당연했다. 쩍쩍 갈라지고 있는 항아리에 물을 계속 퍼부은 것이다.
 그런데 방금 전의 공격은 깨져 가는 항아리에 돌멩이를 던진 것이나 마찬가지였다.
 이진극은 손등으로 입가의 피를 훔쳤다. 돌처럼 딱딱하게 굳은 표정으로 정신을 집중했다. 방금 전의 공격은 참으로 무시무시했다. 조금이라도 대응이 늦었으면 전신이 꿰뚫리고 말았을 것이다.
 그때, 오른쪽에서 덮쳐 오는 섬뜩한 살기를 느낄 수 있었다. 이진극은 그쪽을 향해 벼락같이 일검을 갈랐다. 순간, 그를 향해 쇄도하던 인영의 신형은 흐릿해졌고 검은 잔상을 갈랐을 뿐이었다.
 이번에는 뒤에서 살기가 느껴졌다.
 이진극은 신형을 돌림과 동시에 왼손을 뻗었다. 옥기가 뿜어져 나갔다. 하나, 이번에는 애꿎은 땅바닥만 파헤치고 말았다.
 다음 순간, 어딘가에서 검은 광채에 휩싸인 도 한 자루가 벼락같이 허공을 가르며 그를 노렸다. 그 도를 발견한 이진극은 그제야 조금 전에 죽은 혈마와 함께 예지광의 부하인 혈도가 나섰다는 걸 알 수 있었다.
 이진극은 사력을 다해 모든 내공을 끌어모아서 모조리 검에 불어넣었다. 그러자 검에서 눈부신 백광이 일어났다. 이어 검은 광채에 휩싸인 도와 정면으로 충돌했다.
 쾅!

천둥이 치는 듯한 굉음이 터져 나왔다. 두 개의 병기는 계속해서 부딪쳤다. 한 번, 두 번… 그렇게 다섯 번이나 부딪친 후에야 각기 검과 도를 감싸고 있던 광채는 흩어져 버렸다.

그리고 이진극은 입 밖으로 피를 뿜으며 털썩 무릎을 꿇었다. 그의 얼굴은 고통으로 일그러져 있었고, 식은땀이 비 오듯 흘러내리고 있었다.

그럼에도 신음 소리가 나오지 않는 것은 입술을 피가 터져라 꽉 깨물고 있었기 때문이다.

이진극은 정면을 주시했다. 그의 눈동자로, 우수에 한 자루 도를 늘어뜨린 채 표표히 서 있는 한 여인의 모습이 들어왔다.

'이토록 강하다니……'

아무리 부상을 입었다고는 하지만 이렇게 밀리리라고는 생각지도 못했다. 이 정도면 처음 상대했던 혈마보다 훨씬 강했다.

이진극은 검에 몸을 의지한 채, 사력을 다해 신형을 일으키려 했다. 하지만 몸이 천근만근 무거웠고 요지부동이었다. 정신이 아찔한 게 조금이라도 긴장을 놓으면 어둠에 뒤덮일 것 같았다.

"죽어라!"

"하압!"

그때, 혈도를 향해 서너 명의 녹의인이 덮쳐들었다. 그러나 검은 광채가 서너 번 번뜩이는가 싶더니만 서너 명의 녹의인들의 온몸은 갈가리 찢겨 버렸다.

혈도의 무심한 눈이 다시 이진극에게 향했다. 순간, 그녀의 모습이 사라졌다. 이진극은 정수리를 베어 오는 섬뜩한 기운에 사력을 다해 오른쪽으로 신형을 날렸다.
 혈도의 도가 아슬아슬하게 비껴갔다. 그녀의 좌수가 활짝 펼쳐지며 우우웅 떨림을 일으켰다. 엄청난 힘이 집중되고 있었다. 동시에 혈도의 신형이 흐릿하게 변하더니 어느새 이진극의 숨소리를 느낄 만큼 가깝게 붙었다.
 그녀의 좌수는 번개처럼 쏘아져 갔고, 이진극은 무시무시한 힘이 가슴 지척까지 다다른 걸 보곤 경악했다. 이미 피하긴 늦은 상태였다. 그는 검면을 눕힌 채 거기에 모든 내공을 집중한 뒤, 가슴을 보호했다. 곧이어 혈도의 좌장이 벼락같이 내리쳤다.
 쾅!
 가죽 북이 터지는 소리와 함께 이진극은 입 밖으로 피를 뿜으며 뒤로 튕겨져 나갔다. 검도 그의 손에서 벗어났다.
 혈도는 그런 이진극에게 미끄러지듯이 달라붙었다. 도에서 검은 기류가 흘러 나왔고 이내 그의 심장을 향해 갔다.
 그때 한 인영이 이진극의 앞을 막아섰다. 바로 사의경이었다. 그녀는 흑의인들을 상대하다 사부인 이진극이 위험에 처한 걸 봤다. 그 순간 몸을 움직여 앞을 막아선 것이다. 그녀는 지척까지 덮쳐 온 검은 기류를 향해 검을 뻗었다.
 "악!"

쾅! 하는 소리와 함께 막대한 충격이 그녀의 전신을 덮쳤다. 그와 동시에 사의경의 몸이 이진극과 한 몸이 되어 뒤로 나뒹굴었다.

혈도의 몸이 그런 둘을 향해 쇄도했다.

이어 그 앞을 녹의인들이 막아섰으나, 허무하게 쓰러질 뿐이었다.

"쿨럭, 쿨럭!"

사의경의 입에서 힘겨운 기침 소리와 함께 피가 뿜어져 나왔다. 한손으로 그 입을 막으며 다른 한 손으로 검을 잡았다. 그리고 이진극의 앞을 막아섰다.

보기에도 안쓰러울 정도로 창백한 표정의 이진극이 간신히 입을 열었다.

"도망… 쳐라……."

그는 자신의 앞을 막아서고 있는 제자가 적의 상대가 되지 못한다는 걸 알고 있었다. 하지만 사의경은 도망치지 않았다. 어찌 지금까지 보살펴 준 이진극을 버리고 도망친단 말인가. 더욱이 자신의 간청에 어쩔 수 없이 세상 밖으로 나온 사부가 아니던가.

사의경은 입술을 질끈 깨물었다.

"하아압!"

이어 녹의인들을 쓰러뜨리고 바로 지척까지 덮쳐 온 혈도를 향해 혼신의 힘을 폭발시켰다. 격렬한 충돌이 일었다.

그 직후, 사의경의 신형이 다시 뒤로 날아갔다.

푸하하학!

입에서 피분수가 뿜어져 나왔다. 곧이어 땅바닥에 거칠게 충돌하고 말았다. 그녀의 의지와는 다르게 현실은 냉혹했다. 단 한 번의 격돌로 쓰러진 것이다.

이진극은 그런 사의경을 안타까운 눈으로 바라봤다. 도와주고 싶었으나 더 이상 몸이 움직이지 않았다. 아니, 그보다 더 이상 적의 앞을 막아서는 아군이 없었다. 도가 그를 향해 쏘아 왔으나 가만히 바라만 볼 뿐이었다.

"멈추시오!"

그때 구만혁이 나타나 외쳤다. 그러자 혈도는 거짓말처럼 도를 거두고는 물러섰다. 이렇게 관승지와 도우러 온 이진극, 사의경마저 쓰러지자 녹의인들은 더 이상 버티지 못했다. 대부분이 흑의인들에게 당해 쓰러지고 일부만이 사로잡혔다.

구만혁의 지시로 이들은 모두 포박당했다. 이들 앞에는 관승지와 이진극, 그리고 사의경이 포박당한 채 무릎을 꿇고 있었다.

관승지는 두 눈을 부릅뜬 채 외쳤다. 만약 포박되지 않았다면 금방이라도 덤벼들 기세였다.

"이노옴! 구만혁! 채주님을 배신하다니!"

구만혁은 피식 실소를 터뜨렸다.

"채주? 아… 전 채주를 말하는 건가. 병신 같은 놈이었지."

"감히!"

"잊었는가? 그분을 이곳으로 불러들인 건 바로 그놈이었네. 그러고는 오랫동안 곁에서 모셔 온 우리들을 저버리고 부채주 자리를 안겨 줬지. 잊었는가? 그분의 말만 믿고 우리 녹림구왕을 멀리한 건 그놈이 먼저였네. 왜 우리 녹림구왕 중 대다수가 그분을 따랐다고 생각하는가? 이미 그놈은 총채주로서의 자격이 없었기 때문일세."

"그래도 우리가 모시던 분이셨다."

"지금은 지옥에 있지 않은가."

"이놈! 결코 용서치 않겠다."

"현재 자네의 처지를 생각한다면 쉽지 않겠군."

구만혁은 부채를 살랑살랑 흔들며 시선을 이진극에게 돌렸다.

"공동검협이 직접 나설 줄은 몰랐군."

이진극은 침묵하다 언뜻 사의경을 바라보며 말했다.

"제자만큼은… 살려 줄 수 없겠나."

"사부님!"

사의경은 구만혁을 노려봤다.

"만약 사부님을 해치면 공동파가 가만히 있지 않을 것이다."

"으음… 공동파. 무서운 곳이지. 하지만 그분의 힘과 녹림이 함께한다면 상대하지 못할 곳도 아니지. 그나저나 많이 컸구나."

구만혁은 부채로 사의경을 턱을 올렸다.
"그것도 아주 아름답게 컸군."
사의경은 침을 뱉으며 말했다.
"퉤, 하늘이 결코 네놈을 용서치 않을 것이다."
구만혁은 얼굴을 움직여 그녀의 침을 피하며 말했다.
"대가 세긴 하지만… 얼굴은 반반하니 그분이 좋아하시겠군."
이진극의 눈빛이 파르르 떨렸다.
"무슨 짓을 하려는가?"
"그분이 아름다운 여인을 좋아하신다오."
"이노… 쿨럭, 쿨럭!"
이진극은 크게 호통치려다 기침과 함께 핏덩이를 토해 냈다.
"사부님! 사부님!"
사의경이 놀라며 급히 이진극에게 다가가려 했지만 흑의인의 제지로 움직일 수가 없었다. 그녀는 결국 눈물을 흘리고 말았다.
"흑흑. 사부님. 죄송해요. 저 때문에… 이 못난 제자 때문에……."
관승지도 체념한 듯이 두 눈을 감았다.
"하하!"
구만혁은 그런 3사람을 비웃으며 부채를 접었다. 그리고 막 부하들에게 명령을 내리려다 시선을 돌렸다. 언뜻 하늘을 스치듯이 바라봤는데 무언가를 발견한 것이다. 이어 그의 두 눈이 커졌다. 하늘에서 일단의 사람들이 내려오고 있었기 때문이다. 놀라운 건 그들이 허공을 밟으면서 내려오고 있었다는 것이다.

구만혁은 부지불식간에 외쳤다.

"허공답보(許空踏步)!"

그런 그의 외침에 모든 사람들의 시선이 하늘로 향했다. 이윽고 사람들은 크게 술렁거렸다.

"저, 정말로 사람이다."

"허공을 밟으면서 내려오고 있어."

"전설의 허공답보가 분명해……."

내공의 압축으로 공기에 발판을 형성하여 밟으면서 이동하는 전설의 경공이 바로 허공답보였다. 미증유의 내공을 지니지 않고서는 불가능하다는 경공이 지금 펼쳐지고 있는 것이다.

그렇게 모습을 드러낸 사람들은 4명이었다. 한 명의 면사 여인과 노인들이었던 것이다. 허공을 밟으면서 내려오는 그들의 모습은 참으로 신비했고 아름다웠다. 또한, 왠지 모를 경건함이 느껴져 무릎을 꿇는 사람도 있었다.

그때 놀라운 일이 벌어졌다.

자신들을 향해 천천히 내려오던 네 사람의 몸이 마치 줄이 끊어지듯이 일순간 아래로 뚝 떨어져 버렸기 때문이었다.

그러고는 그대로 바닥과 충돌했다. 쾅! 하는 소리와 함께 흙먼지가 풀풀 날렸다. 흙먼지 속에서 여인의 신경질적인 음성이 흘러나왔다.

"아, 할아버지들, 잘 좀 하세요. 이렇게 나타나면 멋지다고 해서 허락했더니 이게 뭐예요!"

"부주, 내가 말했지 않소이까. 흐름을 잘 타야 한다고."

"흘흘, 부주가 실수하였소."

"우리는 실수한 거 없소이다."

"어디 두고 봐요."

이윽고 흙먼지가 걷히고 4명의 인영이 다시 모습을 드러냈다. 한데, 떨어지면서 여인의 얼굴을 가리고 있던 면사가 사라지고 말았다.

그 때문에 여인의 얼굴이 드러났고 사람들은 일순 헛바람을 삼켰다. 얼음장같이 투명한 피부에 반듯한 봉황의 아미, 당대의 명공이 상아를 다듬어 세운 듯한 콧날과 도발적인 매혹을 담은 입술. 여인의 얼굴은 이 세상의 것이 아닌 듯 아름답기 그지없었다.

여인의 영롱한 눈망울에서는 은하수처럼 불가사의하고 맑은 광채가 흘러나왔다. 그녀는 손으로 먼지가 묻은 머릿결을 뒤로 넘겼다. 단지 그것뿐이었으나, 그 모습은 절로 찬탄이 흐를 만큼 아름다웠다.

그 찬란한 아름다움에 한순간 모두가 말을 잃었다. 태양의 붉은빛과 나무를 스치는 바람에 녹아 있는 듯이 서 있는 그녀의 모습에, 도저히 같은 인간이라고 생각할 수 없는, 그런 느낌이 들었기 때문이다.

무엇이 그런 생각을 하게 했는지는 몰랐다. 여인은 단지 서 있을 뿐이었으나, 그 분위기에 모두가 압도당했다. 강하고 아름다운 위화감에 흠뻑 젖어 버린 것이다.

그런 분위기를 한순간에 날려 버린 것은 다름 아닌 여인의 입에서 흘러나온 한마디 말이었다.

"관승지, 이 개새끼 어디 있어!"

눈앞의 선녀같이 아름다운 여인의 입에서 나온 말이라고는 믿을 수 없을 정도로 거친 욕설에 사람들은 일순 멍한 표정을 지었다.

이윽고 사람들의 시선이 일제히 어느 한곳을 향했다.

'응?'

모든 것을 체념한 채 두 눈을 감고 있던 관승지는 의아함을 감출 수가 없었다. 돌연 장내가 조용해지는가 싶더니 갑자기 자신의 이름을 부르는 소리가 들려왔기 때문이다. 더욱이 거기에는 욕설도 섞여 있었다.

관승지는 다시 눈을 떴고 사람들의 시선이 자신에게 집중되어 있다는 걸 알아차렸다. 그 사람들 중에는 이진극과 사의경의 시선도 포함되어 있었다. 영문을 알지 못하는 그는 고개를 갸웃거릴 뿐이었다.

제9장
돈이야말로 세상의 전부다

예로부터 천하에 5대 명산을 오악(五岳)이라 하였는데, 이 중 동악(東岳)인 산동성의 태산(泰山)은 오악지장(五岳之長)이니, 오악독존(五岳獨尊)이니 하여 천하제일의 명산으로 꼽았다.

그 이유는 제왕이 이곳에서 하늘의 뜻을 받는 봉선(封禪)이라는 의식을 거행했기 때문이다. 백성들도 이 산은 신령스런 산으로서 태산에 한번 오르면 지상에서 적어도 10년을 장수할 수 있을 뿐 아니라 영생을 얻을 수도 있다고 믿었다.

그래서 이곳에서는 10년마다 한 번씩 도교의 최고신인 자미대제를 기리는 축제가 벌어졌고, 그때마다 헤아릴 수 없을 정도로 많은 사람들이 태산을 찾았다.

때는 오후, 작렬하는 태양빛과 짙은 녹음을 받으며 5명의 인영이 산길을 오르고 있었다.

그들은 바로 조운학과 4명의 사부들이었다.

태산은 산세가 험해 한나절을 올라가서야 겨우 소나무 숲 속에 있는 산골의 객잔에서 하룻밤을 묵으며 목욕재계를 할 수 있었다.

객잔에서는 채소로 만든 음식들만 제공했다. 온몸의 살코기 냄새를 씻어 버리고 명상을 해야만 마음의 평온을 가다듬고 자미대제를 배알할 수 있다고 믿기 때문이다.

이른 아침, 일행은 다시 길을 재촉했다.

태산은 이미 그 자체로도 순례자들의 마음을 깨끗이 씻어 주는 오악 중에서도 으뜸가는 명산으로, 구름은 산봉우리 중턱에 걸려 한가롭게 흘러가고, 하늘처럼 넓고 큰 태산은 황제와 같은 고고함과 위용을 자랑하고 있었다.

정상으로 올라갈수록 사람의 기척은 보이지 않았고, 차가운 공기 속을 5명의 인원이 유유히 가고 있었다.

곧 그들은 사찰로 향하는 마지막 진입로에 다다랐다. 이제부터는 열여덟 번을 굽이쳐 돌아가면서 올라가야만 했다.

그 길은 7천 개의 돌로 짝을 맞추어 놓은 좁은 계단으로, 기암괴석들 사이의 거대한 틈을 따라 길이 나 있었지만, 관목들과 나무들이 빽빽이 들어차 있는 울퉁불퉁하고 험악한 절벽 길에 비하면 대체로 다닐 만했다.

이윽고 일행은 돌계단을 올랐다.

이른 아침의 공기는 차가웠다.

층계는 끝없이 계속되는 것 같았다.

처음에는 사부들의 걸음에 맞춰 느긋하게 올라가던 조운학은 서서히 지겨워지기 시작했다.

그래서 재빨리 돌계단을 뛰어 올라갔다. 그렇게 한 식경을 달리고서야 돌계단을 다 올라갈 수 있었다. 계단이 끝나는 곳에 털썩 주저앉아 쉬면서 내려다보니 사부 중 연후악을 선두로 한 일행이 올라오는 것이 보였다.

마침내 그들은 도관의 정문 앞에 이르렀다.

주지 스님이 직접 나와 그들을 맞이했다. 연후악은 지금까지 자미대제를 기리는 축제에 단 한 번도 빠진 적이 없기에 주지 스님과의 친분이 돈독했다.

더욱이 10년 전 축제에서 주지 스님과 한 가지 약조를 했었다. 그건 자미대제를 기리는 행사 중 하나인 북두무(北斗舞)를 추기로 한 것이다.

북두무는 사찰의 가장 신성한 곳에 설치된 무대에서 하루 동안 치러진다. 이 춤의 목적은 인간과 우주를 합치시키려는 것으로, 북두칠성의 일곱 별들에 살고 있는 성주들을 지상으로 불러오는 춤이다. 그 일곱 별은 완전한 세계였기 때문에 그곳에 사는 신들이 자발적으로 인간 세상으로 내려오는 일은 절대 없었다. 그래서 북두무를 추며 정성을 들여 주문을 외워 그 신들을 지상으로 불러와야만 하는 것이다.

사람들은 그 신들이 인간들을 축복하고 도움을 준다고 믿었다.

어쨌든 그 북두무를 추기로 한 10년 전의 언약을 연후악은 잊지 않고 찾은 것이다.

주지 스님은 일행이 머무는 동안 거처할 별채를 안내해 주었다. 그 뒤로 연후악은 주지 스님과 이야기를 나눴고 조운학을 비롯한 나머지 사부들은 살며시 빠져나왔다.

일행은 사찰의 대문을 지나 마당 안으로 들어갔다.

밝은 색깔로 꾸며져 있는 사찰의 마당엔 사람들이 매우 분주하게 오가고, 청동 기와로 덮인 사찰의 지붕과 다채로운 처마 밑으로 비단으로 만든 수천 개의 등과 풍차, 풍경들이 바람에 흔들리고 있었다.

마당 한쪽에서는 음악가, 곡예사, 인형극단, 차력사들이 공연을 하고 있고, 다 해져 여기저기 기운 회색 도복을 입은 도사들이 향과 부적, 봉납물 따위를 팔며 사람들 사이를 돌아다니다 조언을 해 주기도 하고 점을 쳐 주기도 했다.

하지만 무엇보다도 조운학의 관심을 끈 것은 김이 무럭무럭 나는 음식들이었다. 산속에서 수련만 하고 지냈던 터라 모든 음식은 산속에서 구할 수 있는 걸로 만들어 먹었었다.

그렇기에 사방의 음식들이 하나같이 먹음직스러웠다. 거기에 북두무를 춘다고 단식해야 하는 연 사부 때문에 이곳에 오면서 음식도 제대로 먹지 못했지 않은가.
 조운학의 초롱초롱 빛나는 눈이 세 사부들에게 향했다. 자신에게 무슨 돈이 있겠는가. 하지만 사부들이라면 자신에게 이 많은 음식들을 사 줄 수 있을 것이라 생각했다.
 "어흠."
 "쩝……."
 그런데 세 사부들은 그런 조운학의 눈빛을 애써 외면하며 헛기침을 하고 속이 쓰린 듯 입맛을 다셨다. 그들의 눈빛이 서로 뒤엉켰다. 마치 눈빛으로 무언의 대화를 나누는 거 같았다.
 '야, 돈 없냐?'
 '내가 돈이 어디 있어. 우리야 늘 자급자족을 했으니…….'
 '저 제자의 기대 어린 눈빛을 봐라. 여기서 우리가 빈털터리라는 걸 알게 된다면 얼마나 실망하겠냐. 그러지 말고 어디 꿍쳐 둔 돈이라도 좀 내놔 봐.'
 '그런 게 있으면 진작 객잔에 데려갔겠다.'
 '어쩌지? 뭐 팔 거라도 없냐? 아니면 그 주지 스님한테 가서 빌려?'
 '그래도 이 나이에 체통이 있지…….'
 '정말 우리들… 너무 가난하구나.'
 세 사부들은 내심 한숨을 쉬었다. 하나같이 물욕이 없다 보니 돈 같은 건 있으면 있는 대로, 없으면 없는 대로 살아

왔었다. 한데, 하나뿐인 제자에게조차 마음대로 음식을 사 주지 못하니 속이 쓰리지 않을 리가 없었다.

그때 백천이 말했다.

"제자야, 기다리거라. 우리가 도사 일을 해서 용돈을 줄 테니."

"정말요?"

"그럼 많이 벌어 올 테니 돌아다니며 무엇을 사고 먹을지 생각하고 있거라."

"알겠습니다."

조운학은 희희낙락한 표정으로 세 사부들을 배웅했다.

그리고 여기저기 둘러보기 시작했다.

그는 먼저 사람들을 헤치고 마당 한가운데로 비집고 들어갔다. 높은 단상 위에서는 어두운 색깔의 옷을 입은 사람들이 가극을 공연하고 있었다. 조운학은 잠시 구경하다 이내 흥미를 잃고 다시 주위를 두리번거렸다.

"자, 여러분! 누가 더 힘이 센지 겨룰 사람은 나오세요."

장사들은 한 손에 커다란 술독을 든 채 벌컥벌컥 들이켜면서 서로 손가락질을 해 댔고, 뭐가 그리 우스운지 폭소를 터뜨렸다. 그때 그들 중에서 가장 몸집이 큰 거한이 앞으로 나왔다.

누런 가죽으로 만든 옷으로 하체를 가린 그는, 근육을 꿈틀거려 보이면서 구릿빛 팔과 가슴을 기괴하게 부풀려 보였다. 그는 단단한 철봉을 하나 주워서 엿가락처럼 비틀었다가 다시 펴 보였다.

여기저기서 박수가 터져 나왔다.

그 장사는 누런 이를 드러내면서 의기양양하게 웃더니 조용히 팔을 치켜들었다. 그러고는 여러 층으로 쌓아 놓은 한 무더기의 벽돌 앞으로 가서 자세를 잡았다. 기합을 지르며 오른손을 활짝 펼쳐 내리치자 벽돌들은 모두 산산조각이 나고 말았다.

사람들이 박수 치며 여기저기서 돈을 던졌다.

'겨우 저걸로 돈을 받는단 말이야?'

조운학은 고개를 갸웃거렸다. 자신의 무위는 저 장사들과는 비교도 할 수가 없었다. 하지만 그렇다고 자신도 저들처럼 무위를 구경거리로 선보이고 돈을 벌 수도 없는 노릇이었다. 무엇보다 사부들이 길길이 날뛸 게 분명했다. 또, 자신도 그런 짓을 해서까지 돈을 벌 생각이 없었다.

'그래… 돈을 벌려고 힘들 게 무공을 수련한 건 아니니까……'

조운학은 나름대로 납득할 만한 대답을 찾았으나 그럼에도 가슴 한편이 묘하게 욱신거렸다. 그는 기분 탓이라 생각하며 걸음을 옮겼다.

※ ※ ※

세 사부는 각자 자리를 깔고 앉았다. 그리고 두 눈을 감고 손님을 기다렸다. 하지만 자신들 말고도 주변에 널려 있는 게 도사라 쉽게 손님이 찾아오지 않았다.

그러다 한 사내가 세 사부들 앞에서 서성거렸다. 사내는 세 사부들 중 어떤 사람 앞에서 조언을 구할지 고민하는 듯 했다. 그러다 백천으로 마음을 정한 듯 걸음을 옮겼다.

하지만 막 백천 앞에 다다르자 바로 옆에 앉아 있던 방지찬의 슬그머니 실눈을 뜨며 말했다.

"얼굴에 근심이 가득한 게 무언가 큰 문제가 생겼군."

"아……."

방지찬의 말이 사실인지 사내는 화색 어린 표정으로 발걸음을 돌렸다. 이어 방지찬의 앞으로 가려고 하자 이번에는 독고양이 입을 열었다.

"어흠! 어디서 흉한 기운이 느껴지는군. 이건 필시 집안의 가족들 중 한 명이 원인 모를 큰 병에 걸렸거나 할 때……."

사내의 발걸음이 멈칫거렸다. 하지만 백천이 가만히 두고 볼 리가 없었다.

"보이는구나. 그 병을 치료할 수 있는 방법이!"

방지찬이라고 질 수 없었다.

"영험한 약초가 필요하군. 나만이 알고 있는 아주 영험한 약초가!"

독고양도 마찬가지였다.

"그건 약이 듣는 병이 아니야. 마음의 병이란 말일세. 그러니 내 말만 잘 듣는다면 쉽게 고칠 수 있어."

그러자 백천이 말했다.

"명심하게. 저 둘은 사기꾼이라네. 괜히 있는 거 없는 거 다 뺏기지 말고 이리 오게."

방지찬은 발끈했다.

"사기꾼이라니! 이놈들이 도에 대해 가르침을 내렸더니만 이제는 이 사부를 무시하는구나."

독고양은 혀를 찼다.

"쯧쯧, 두 놈 다 낮술을 한 게 틀림없군. 그러니 이런 행패를 부리는 거겠지. 자, 어서 이곳으로 오게."

"아니야. 내가 바로 자네를 도와줄 귀인일세."

"사기꾼 나부랭이가 어디서 귀인 행세야. 내가 자네를 도와주겠네. 그것도 무보수로 말일세."

"나도 공짜야."

"나는 처음부터 돈을 받을 생각도 없었어."

이렇듯 세 사람이 서로에게 오라고 강요하자 사내는 안절부절못했다. 그러다 조심스럽게 세 사람의 눈치를 살피며 입을 열었다.

"저기……."

그러자 세 사부들은 아옹다옹하던 걸 멈추고는 사내의 입에 시선을 집중했다. 이윽고 사내는 머리를 긁적이며 물었다.

"길을 물으려고 하는데… 여기 대웅전이 어디에 있습니까?"

"……."

세 사부들의 얼굴에 일순 황망함이 떠올랐다. 설마 눈앞의 사내가 자신들에게 길을 물어 올지는 생각지도 못했던 것이다. 놀람과 분노, 그리고 불신과 의혹으로 뒤바뀌던 세 사부들의 표정은 이윽고 무안함으로 끝맺어졌다.

"크흠, 그, 그런 거였군."

"대, 대웅전이라……."

"저, 저기로 쭉 걸어가 보게."

"감사합니다."

사내는 한 차례 읍을 한 뒤에 바삐 걸음을 옮겼다. 그런 사내의 뒷모습을 바라보며 세 사부들은 한동안 말문을 잃었다. 그러자 갑자기 백천이 자리에서 일어나 어딘가로 사라졌다. 이윽고 그는 넓은 나무판을 한 개 가져오더니 자신의 자리 바로 앞에 꽂았다. 거기에는 글귀가 적혀 있었다.

〈왼쪽의 두 사기꾼보다 잘 봄.〉

방지천과 독고양이 그걸 읽고는 발끈했다.

"뭐야?"

"이 돌팔이가 아까부터 누구보고 사기꾼이래."

두 사람도 벌떡 자리에서 일어서 어딘가로 사라지는가 싶더니 이내 다시 되돌아왔다. 그리고 백천과 똑같은 나무판을 가져와 자신의 앞에 꽂았다.

방지천의 나무판에는 '양쪽의 두 도사는 나의 제자임.'이라고 적혀 있었으며, 독고양의 표지판에는 '오른쪽의 두 사람은 돌팔이임.'라고 적혀 있었다.

백천이 그런 두 사람을 노려보며 말했다.

"오냐, 누가 진정한 도사인지 어디 한번 두고 보자."

방지천도 질 수 없다는 표정이었다.

"기본도 안 된 것들이 진정한 도사를 앞에 두고 어디서 도사질이야."

독고양은 냉소를 터뜨렸다.

"흥! 니들이 도를 알아?"

그렇게 세 사람은 뜻하지 않게 누가 도사로서 더 많은 손님을 받을지 경쟁을 하게 되었다.

다음 날, 북두무를 추는 행사가 벌어졌다.

북두무는 신들이 직접 내려와 현신해야만 그 축제가 참된 영적 힘을 가질 수 있기 때문에 북두무를 추는 도사는 몸을 정화하기 위하여 7일 동안 단식을 했다.

사찰 중앙 건물 앞에 3개의 장대와 제단이 세워지고, 제단에는 향로와 붉은 초, 성화와 등잔, 공물들이 놓여졌다. 제단 둘레에는 큰 원이 새겨져 있었는데, 원 안에 북두칠성의 모양대로 7개의 점들이 표시되면 비로소 신들을 맞아들일 준비가 끝나는 것이다.

　북두무를 출 연후악이 역경에 나오는 음양 기호와 육효(六爻)가 수놓아진 도복을 입고 사찰에서 나왔다.

　연후악의 긴 머리카락은 검은 천으로 만든 모자 아래로 늘어져 있었다. 기다란 소매로 가려진 손에는 축문이 새겨진 야자나무 판과 버드나무로 만든 목검이 들려 있었다.

　연후악은 점잖게 제단 쪽으로 걸어갔다. 그리고 신성한 원 안에 발을 들여놓기 전에 제단 앞에서 경배했다.

　사람들은 그 춤을 가까이서 보기 위해 서로 밀치며 원둘레에 빙 둘러섰다.

　인간은 감히 신들을 정면으로 마주 볼 수 없기 때문에 나무판을 얼굴 앞에 바짝 대고서 축문을 외웠다. 이어 각각의 신들의 이름을 외운 연후악이 북두칠성을 표시하는 각각의 점 위를 차례로 밟으며 유연하게 움직이기 시작했다.

　주위 사람들은 모두 경건한 표정으로 지켜보고 있었다. 어른, 아이 할 것 없이 모두 진중한 표정을 하고 있는데 돌연 어딘가에서 큰 웃음소리가 터져 나왔다.

　"아하하하하!"

　신성한 의식 중에 느닷없이 들려온 웃음소리에 주위가 크게 술렁거렸다. 하지만 한번 터진 웃음보는 그칠 줄을 몰랐다.

북두무를 추던 연후악도 움직임을 멈춘 채 어이가 없다는 표정을 지었다. 그는 이미 범인이 누군지 알고 있었다.

'연화!'

연후악의 두 눈에선 무시무시한 안광이 폭사했고, 노안은 붉게 타올랐다. 그런 연후악의 얼굴을 발견했는지 웃음소리는 거짓말처럼 뚝 그쳤다.

조운학도 갑작스런 상황에 깜짝 놀랐다. 그런 그의 귓가로 한 줄기 전음이 들려왔다.

-제자, 이리 와.

조운학은 경계를 넓혔다. 그러다 친숙한 인기척을 하나 발견할 수 있었다. 그곳으로 걸음을 옮기니 진한 백단나무의 향기가 콧속으로 스며들었다.

그는 주위를 두리번거렸다. 사찰에 머무는 동안에 그 냄새가 항상 났었는데 오늘은 유달리 냄새가 강한 것 같았다.

조운학은 번쩍이는 청동 기와로 지붕을 얹은 사찰의 중심 건물에 이르렀다.

웅장한 자태로 우뚝 선 건물은 3층 높이로 지어져 있었다. 단청으로 장식된 처마에는 용과 불사조 그림들이 정성스럽게 그려져 있었고, 짙은 색깔의 나무판들과 붉은 칠을 한 기둥들에 쓰인 금색 글자들이 냉랭하고 어두운 실내로 들어가는 입구를 장식했다. 실내에서는 연기가 흘러나왔다.

조운학은 가파른 돌계단을 올라가 돌 문턱 앞에 멈춰 섰다. 조심스럽게 주위를 둘러본 뒤 그는 안으로 들어갔다.

내실엔 금으로 도금된 제단 가운데에 사람 크기만 한 옥황상제의 상이 놓여 있고, 그 우측에는 황후, 좌측에는 벽운 공주의 상이 있었다. 그들 앞에는 화려하게 조각된 커다란 나무 탁자가 놓여 있고, 탁자 위에는 큰 향로와 촛불들, 기름등잔, 꽃이 가득 꽂힌 도자기 화병, 밥그릇, 차와 술, 온갖 과일과 사탕, 그리고 오방과 오행을 나타내는 청·황·흑·백·적색의 다섯 가지 약초가 가득 놓여 있었다. 이것은 지상에서 난 모든 것들이 공물로 바쳐졌다는 것을 의미하는 것이다.

그 앞에 한 중년 미부가 있었다. 바로 연화였다. 그녀는 조운학을 향해 손을 흔들었다.

"여어, 제자."

"연화 사부, 여기서 뭐 하세요?"

"제자 보러 왔지. 겸사겸사 엉터리 도사의 술주정 춤도 구경하면서 말이야."

조운학은 지금 연화가 말하는 엉터리 도사가 조금 전 북두무를 추던 연후악을 가리키는 거라는 걸 쉽게 알아차릴 수 있었다.

"그나저나 제자야, 축제인데 마음껏 즐겨야지. 왜 따분한 춤이나 구경하고 있는 것이냐."

"그게……."

"마음껏 사 먹고 마음껏 마시고 마음껏 돌아다니는 게 축제란 것이다."

"……."

조운학은 침묵했다. 자신도 그러고 싶은데 수중에는 은자 한 냥뿐이었다. 이 한 냥도 3명의 사부가 종일 도사 일을 한 덕분에 얻을 수 있었다. 이토록 소중한 돈을 어찌 함부로 사용한단 말인가.

연화의 표정이 묘하게 변했다.

"너, 돈 없구나?"

"그게……."

"그놈들이야 개뿔도 없으면서 꼴에 돈 같은 건 돌처럼 봐야 한다는 식으로 가르쳤을 거고……."

연화는 지금까지의 상황을 마치 몰래 지켜본 것처럼 말했다.

"쯧쯧, 솔직히 말해 봐. 그놈들이 얼마 줬어?"

조운학은 조용히 손가락 한 개를 들었다.

"금 한 냥? 그럴 리가 없지. 잘해 봤자 은 한 냥이겠군."

조운학은 진정한 도사가 바로 눈앞에 있다는 생각이 들었다. 그렇지 않고서야 어찌 이리도 잘 알고 있단 말인가.

연화는 자리에서 일어서며 말했다.

"따라와. 내가 오늘 돈이란 어떤 것인가 가르쳐 줄 테니."

조운학은 한 차례 고개를 갸웃거린 뒤 뒤따랐다.

※ ※ ※

 태산은 10년마다 자미대제를 기리는 축제뿐만이 아니라 평소에도 많은 사람들이 찾는 명소였다. 그렇기에 숙소와 식사를 겸비한 객잔들이 군데군데 있었다.
 그중에서도 사람들이 가장 즐겨 찾는 객잔이 있었다.
 청평 객잔.
 이 객잔은 생긴 지 얼마 되지 않았으나 거대한 규모에 화려한 내부 시설로 중인들의 사랑을 받았다. 게다가 음식값이 비싸긴 해도 그만큼 맛도 훌륭하고 좋은 술이 준비되어 있어 항상 만원을 이루었다.
 지금도 수많은 사람들이 가득 차 있었고, 점원들은 술과 음식을 분주히 나르느라 바삐 움직이는 모습이었다.
 연화와 조운학이 입구에 들어서자 한 점소이가 재빨리 다가와 인사한 뒤 때마침 빈자리로 안내했다.
 "헤헤, 뭘 드립 갑쇼?"
 연화가 물었다.
 "여기 가장 비싼 음식들이 뭐야?"
 "우선 육미 보쌈 구이가 이곳 청평 객잔이 자랑하는 오대 진미 중 하나입니다. 그 맛은 이미 천하에 모르는 사람이 없을 정도로 유명합니다."
 "오대 진미? 다른 네 개는 뭔데?"

점소이는 자랑스러운 표정으로 입을 열었다.

"우리 청평 객잔이 자랑하는 오대 진미 중 나머지 다섯 가지는 바로 황두탕과 고기 육수, 그리고 염소 완자와 돼지 통구이 입니다. 입안에 넣으면 사르르 녹아내리는 그 맛은 정말 열이 먹다 아홉이 죽어도 모를 정도라고 자부합니다."

"그래? 그거 전부 갖다줘."

"그런데… 이건 정말 혹시나 해서 말씀드리는 겁니다. 오대진미가 여간 비싼 게 아니라서……."

"얼만데?"

연화는 시큰둥하게 물었다.

"전부 은자 열 냥입니다."

점소이의 조심스런 대답은 연화에겐 다른 의미로 놀라운 것이었다.

"그게 비싼 거야? 어서 빨리 가져오기나 해."

"예, 예! 금방 대령하겠습니다."

점소이는 입이 찢어져라 함박웃음을 지으며 연신 허리를 숙였다.

"술은 뭐 있어? 아니, 가장 비싼 술이 뭐야?"

"십 년을 담근 매화주입니다."

"그것도 한 병 가져와."

"예. 최대한 빨리 대령하겠습니다."

점소이가 물러가자 조운학이 두 눈을 휘둥그레 뜬 채 물었다.

"연화 사부, 너무 비싸잖아요."

"그냥 닥치고 내가 하는 대로 지켜봐."

잠시 후, 탁자에 향긋한 냄새를 풍기며 오대 진미가 푸짐하게 쌓였다. 연화는 젓가락을 집더니 탁자 위의 음식들을 한 점씩 먹었다. 이어 매화주를 따라 한 잔 들이켠 후 자리에서 일어서는 게 아닌가.

"가자."

"예?"

막 젓가락을 들어 음식을 먹으려던 조운학은 어안이 벙벙한 표정을 지었다.

"아직 음식이……."

"배불러."

연화는 밖으로 나가며 계산을 하는 주인에게 금 한 냥을 던지며 말했다.

"잔돈은 필요 없어."

"오오, 감사합니다."

"헉! 마, 말도 안 되는……."

"따라와."

"아야야얏!"

연화는 놀라며 주인에게 다가가 잔돈을 받으려는 조운학

의 귀를 잡아당겼다.

　그건 시작에 불과했다.

　연화는 그 뒤로도 조운학을 끌고 다니며 돈을 펑펑 쓰기 시작했다. 닭꼬치를 파는 상점을 통째로 사 아이들에게 공짜로 나눠 줬으며, 거지에게 금전을 던져 주어 서로 갖기 위한 다툼이 벌어지기도 했다. 거기에 옷가게와 장신구를 파는 가게에서도 조운학의 입이 떡 벌어질 만한 금액을 지불하고 각종 물품을 구입했다.

　조운학은 이런 연화의 행보에 정신이 하나도 없었다. 오늘 아침까지만 해도 그는 세 사부들이 준 은화 한 냥을 애지중지했다. 사용하고는 싶으나 세 사부들이 종일 고생하면서 번 돈이기에 함부로 사용할 수가 없었다.

　그런데 연화는 달랐다.

　마치 돈이 무한정 나오는 전낭이라도 지닌 것처럼 조운학이 경악할 만한 돈을 마구 뿌려 댔다. 처음에는 어떻게든 그런 연화를 말리려던 조운학도 이제는 포기하고 말았다. 아니, 그런 연화를 계속 따라다니며 지켜보자니 문득 이런 생각이 들었다.

　'뭐야, 왠지 연화 사부가 대단해 보여……'

　조운학은 돈을 쓰지 못해 환장 난 것처럼 이리저리 돌아다니며 돈을 쓰는 연화가 점점 존경스러워 보였다. 연화가 돈을 쓸 때마다 사람들은 한결같이 놀라워하고 기뻐했으며 경이로운 눈빛으로 바라보는 이도 있었다. 사람들이 모여들었으며 돈을 구걸하거나 아부하는 이들도 생겨났다. 어느 순간 세상의 중심이 연화가 된 것만 같았다.

'이것이 돈의 힘인가…….'

조운학은 철퇴로 뒤통수를 맞은 것 같은 둔중한 충격을 느꼈다. 산속에서 무공을 수련하면서는 결코 느끼지 못했던 색다른 깨달음이 덮쳐들었다.

연화가 크게 소리쳤다.

"제자야, 세상의 근본은 사람이며 그 사람들이 추구하는 건 행복한 삶이야. 그리고 그 삶을 이루기 위해서는 돈이 필요해. 물론 이것이 바르다고는 확신할 수 없어. 하지만 세상의 큰 흐름이란 결국 돈에 의해 좌지우지돼. 강대한 무위를 지니고 스스로 고고하다고 일컫는 자들. 그들이라고 돈의 흐름에서 벗어날 수 있을 거 같아? 산속에 틀어박힌 채 영원히 세상 밖으로 나오지 않는다면 가능하겠지. 하지만 잊지 말아야 할 것이 있어. 결국 사람이란 세상과 함께해야 한다는 것."

"……."

"나는 나만의 경계에 세상과 온갖 삼라만상들을 눈에 보이는 대로, 귀에 들리는 대로 그와 같이 복잡하고 어수선하게 펼쳐 놓고 살아왔어. 그러면서 한 가지 깨닫게 된 것이 있지. 돈이야말로 삶이며 진리며 행복이라는 것 말이야. 너는 세상을 뒤엎을 무공을 지녔으면서도 은자 한 냥에 벌벌 떠는 찌질이로 살고 싶어?"

"아뇨……."

"목소리가 작다. 따라해 봐. 돈이 최고다!"

"돈이 최고다."

"더 크게! 돈이야말로 세상의 전부다!"

"돈이야말로 세상의 전부다!"

"자, 여기 돈을 줄 테니 너도 지금부터 마음껏 사용해."

"예."

"우린 지금 이 순간은 갑부야. 알겠어?"

"예."

대답하는 조운학의 눈빛에는 묘한 광기마저 어려 있었다. 그 뒤로 조운학은 보통 사람이라면 평생 만져 보지도 못하는 돈을 단 하루 만에 모두 사용해 버렸다.

사부들이 검소함만을 강조해 그걸 당연하게 받아들였던 조운학에게는 하나의 전환점이 될 정도로 큰 사건이었던 것이다.

17권에 계속

1~2권 절찬 판매 중!!

우연히 이상한 카드를 주운 고등학생 이신우.
그리고 카드에 숨겨진 이해할 수 없는 능력들.
하루 한도 300만 원, 쓰지 않으면 죽는다!
그 지독한 악몽이 시작된다.

www.mayabook.co.kr

www.mayabook.co.kr

www.mayabook.co.kr